KB188971

우리는 모두,
참 괜찮은 사람입니다

우리는 모두,
참 괜찮은 사람입니다

인   쇄 | 초판 1쇄 2024년 11월 1일
발   행 | 초판 1쇄 2024년 11월 5일

지은이 | 나인
펴낸곳 | 자유로운상상
펴낸이 | 하광석
디자인 | 김현수(이로)

등   록 | 2002년 9월 11일(제 13-786호)
주   소 | 경기도 하남시 미사강변중앙로 204번길 11 1103호
전   화 | 02 392 1950
팩   스 | 02 363 1950
이메일 | hks33@hanmail.net

ISBN 979-11-983735-4-0(03810)

우리는 모두,
참 괜찮은 사람입니다

글·그림 나인

자유로운 상상

정체도, 형체도, 밑도 끝도 없다는 걸 알게 된 것은,
참 안 괜찮았던 내가 괜찮은 내가 된 것은,
내가 가진 것을 인정하기 시작한 때부터입니다.
그것이 언제부터였다고 선을 그어 말할 수는 없지만,

분명한 건,
참으로 많은 시간에 무수한 시달림이 끝에,
참으로 내가 나를 무던히도 괴롭힌 끝에,
참으로 모질게도 나를 미워하고 학대한 끝에,
옹이가 베인 상처투성이로 뾰족하게 산 후에,
결국, 나이만큼 쌓이고 쌓인 상처와
맞서고 싸우고 대화하고 나서였습니다.
나는 끝없이 괜찮고 싶었고 여전히 쫓았으니까요.

그러다 문득,
괜찮지 않은 건 뭐냐, 는 질문이 펀치처럼 훅 들어왔습니다.

하루 세 끼 남과 똑같이 똑같이 밥을 먹고 있고,
아침에 일어나 세수하고 나갈 일터가 있고,
밤이면 돌아올 내 공간이 있는데, 말이죠.
한 방, 제대로 맞은 기분이었습니다.

그리고는,
삶을 좀 뭉뚝하고 흐리게 보자, 싶은 마음이 들었습니다.

너무 세밀하게 들여다볼수록 내가 가진 것은
근사한 식단에서 잘차려진 남의 밥과 다르고,
누구나 알만한 명성을 높이 쌓은 업적과 멀고,
드라마에서나 나오는 럭셔리한 고급 주택이 아니기에
밥, 일, 집 큰 덩어리 외에는 자투리는 싹 떼고 보자고요.

그리고 보니,
'남'이라는 단어를 내 삶에 들여 놓은후로는

이 밑도 끝도 없는 것과 맞붙어
링 위에는 한 번도 못 올라가고
섀도우 복싱만 했다는 느낌이 들었습니다.

이제, 내가 원하는 삶은
남이 아닌 나로서 내가 사는 삶이라는 걸 알았습니다.
그런 후에 삶을 빼고 나누어 흐리게 보니
아이러니하게도 더해지고 곱해져 선명해졌고,
요즘에는 '하다 보니'를 연습하고 있습니다.

돌이켜보면,
작정하고 한 모든 것들은 내 옆에 있지 않고,
되레 생각 없이 뚜벅뚜벅 천천히 '하다 보니' 쌓인 것들이
내 옆을 지켜주고 있다는 걸 알았습니다.
앞으로도, 그럴 것입니다.

하다 보니 사귄 사람과 정답게 만나고,
하다 보니 쌓인 일을 즐겁게 해내고,
하다 보니 정이 든 나와 사이좋게 지내면서

이 정도면 참 괜찮다, 생각하며 살고 싶습니다.

그러기에
괜찮고 싶었던 시절,
괜찮은 걸 찾아 헤매던 것들을
부끄러움 없이 내놓으니
머물고 싶은 곳을 찾아 잠시 쉬어 가시길 바랍니다.

그리고
하다 보니 쌓인,
나의 것이 무엇인지 마음을 다해
한 번만 돌아봐 주시길 바랍니다.

그것이 바로,
어제, 오늘, 그리고 내일을 살아갈
여러분의 힘이니까요.

우리는 모두,
참 괜찮은 사람입니다.

Chapter ~~~~~~~~~~~~~~ ◦

상처에 대한 우리의 자세

'자면서 만난 건 꿈이고
꿈에서 깨야 햇빛을 맞이할 수 있습니다'

상처받고 싶은 사람이 어디 있겠어요?
할 수 있다면 꽃길만 걷고 싶고,
가능하다면 매일 매일 즐겁고 행복하길 바라고,
삶이 알라딘의 요술 램프처럼 마음대로 되지는 않더라도
상처로 받는 아프고 고통스러운 힘든 시간만 걷힌다면
펼쳐지는 삶에 겁 없이 뛰어들 수 있을 것만 같습니다.

이렇게 생각하니 상처 때문에 겁도 나고
마음껏 세상에 뛰어들지 못한다는 생각이 드는데요,
사실 상처라는 것이
가까이 두면 점점 커지고, 멀리 놔두면 점으로 작아지는
매우 간단명료한 특성이 있어서

나의 건강한 성장과 삶의 연료는 내면으로 거두고,
상처에 의존하는 얼룩진 경험은
과감하게 버리라 말하고 싶습니다.

물론 말처럼 쉬운 일은 결코 아닙니다.
그러기에 지금까지 풀지 못했고
앞으로 풀어야 할 모든 이들의 숙제로 남은 것입니다.

그리고 상처는요,
상대와 나 사이에서 주고받고, 또 주고받는
의미 없는 순환을 무한 반복하는 것이기에
이 또한 삶의 과정의 하나라고 생각하고
가능한 한 자연스럽고 단순하게 넘기길 바랍니다.
누굴 위해서요? 절대적으로 나를 위해서요.

누군가를 판단하는 건,
타인이 혹은 내가, 똑똑하고 대단해서가 아니라
그건 나라는 거울 속으로 나의 경험의 그릇을
누군가에게 그대로 드러내는 것, 뿐입니다.

저마다 생김새가 다르듯이

누군가에게는 디딤돌이 되었던 좋은 경험도

누군가에게는 상처가 되기도 하고,

독이 되기도 하는 것이니

준다고 받지도 말고, 받았다고 자책은 더더욱 마세요.

멀리서 보면 지나가는 바람도

가까이 마주하면 칼이 될 수 있으니까요.

그러니

어제로 지나가고 없는 모든 건

먼지 털어내듯 툭툭 털어내는 연습을 하시길 바랍니다.

상처는 처음부터 살을 파고 들어가지는 못하기에

근막에 앉아 준비운동을 하고 있을 때 툭툭,

밀어버리고, 털어버리고, 씻어버리는 연습을 하고

미처 시간을 놓쳐 파고 들어간 상처가 있다면

상처와 마주하며 담판을 짓는 대담함도 길러야 합니다.

상처에 너무 기죽지 마시길 바랍니다.
상처라는 놈,
약한 사람만 골라 툭툭 건들고, 괴롭히는
영악하고 못된 구석도 있지만,
저보다 조금만 강해도 다가서지 못하는 약한 결도 있으니
조금만 마주 설 힘만 기르면 함부로 덤비지 못합니다.

보이지도 않는데 너무 크게 만들 필요 없고,
들리지도 않는데 너무 크게 받아들일 필요 없고,
닿지도 않았는데 소스라치게 놀랄 필요 없습니다.

지나간 상처는 꿈이고,
꿈에서 깨야 오늘이라는 햇빛을 맞이할 수 있습니다.

아프다고 말할수록
더 아프다

　　　　: 몸이 조금만 아파도
가방 속에서 약통을 뒤지는 사람이 있습니다.
보통 사람들이라면 이러다 말아, 하고 툭 넘길 것도
요목조목 예민하게 몸을 뒤적거리고
자가 진단을 내리고는 필요와 상관없이
한 알 두 알을 목구멍으로 넘기는걸,
되레 건강을 미리 지키는 양 자부를 할 때가 있어요.

그러다 정말 아픈 날이 오면
그런 날엔,
평소 먹던 약보다
한 움큼의 약을 몸에 더 구겨 넣게 됩니다.
이쯤 되니

아파서 아픈 건지, 아프고 싶어 아픈 건지…,
아파서 약을 먹은 건지, 약을 먹자고 아프다고 한 건지…,
아님,
자신을 환자라고 생각하는 건지,
환자로 봐주길 바라는 건지.
어느새 자신도 모호해지지 않을까, 하는 생각이 듭니다.

어느새 통증도 가려내지 못할 만큼 몸은 무감각해지고,
아플까 봐 겁나서 삼켜버린 알약 덕분에
분명한 것은,

내가 나에게 환자 꼬리표 하나는
확실하게 붙여준 것, 같네요.

영화가 끝나고
난 후에

: 영화가 끝나면
자리 털고 일어나,
먹고 난 빈 팝콘 통이랑 콜라 컵 들고
쓰레기통에 들러 분리수거하고
엘리베이터 타고 내려오는 동안
조잘조잘 재잘재잘
좋았던 장면과 멋진 배우 얘기 정도만 나누면 됩니다.
더 하면 그건 평론가지, 관람객이 아니니까요.

지나버린 시간의 자리에 상처를 남기지 마세요.
더욱이 나를 탓하는 자책으로 물든 상처라면
내 안에 감옥을 두는 것이니 더더욱 하지 마세요.

~~~~~~~~ 우리는 모두, 참 괜찮은 사람입니다

한 편의 영화가 끝나면 극장을 나와야 하듯이
그 시간이 지났으면 시간이 선물한 추억 외에
그 무엇도 남기거나 가져오지 마세요.
우리는 삶을 여행하는 여행자로 홀가분하게 즐기세요.
.
.
.

한편의 영화처럼

: 상처를,
받아서 아프다고 말하지만
실은 내가 나에게 쏜 화살이
나를 찌른 것이 상처의 진짜 얼굴입니다.

상처, 준다고 받지 마세요.
상처를 주는 것은 상대이지만,
받는 것은 결국 나라는 것을 알아차리세요.
주어도 받지 않으면 그건 내 것이 아닌 상대의 것입니다.

준 사람의 의도보다
받는 사람의 해석으로 결정되는 것이 상처이기에
상처를 준 사람이 떠나고 남은 자리에
나와 상처만이 덩그러니 남는 일이 없길 바랍니다.

상처를 위한 맨몸 운동

: 약하디약한
감정의 살과 결로 태어난 우리는
누군가를 단번에 찌를 날카로운 칼과
누군가의 강력한 공격을 막아설 방패를 얻기 위해
삶과 타인, 그리고 세상을 상대로 숱하게 싸우며
온몸에 굳은살을 훈장처럼 새기려 하는데요,
하지만 치열하게 싸우지 않아도
얼마든지 나를 지킬 수 있습니다.

사람은
변하기도 하고 변하지 않는 참으로 묘한 존재로,
변하는 사람은 결과를 돌이켜 나와 주위를 살피고
변하지 않는 사람은 결과만 탓합니다.
결국,

칼과 방패를 든다는 것은,

나를 지킬 힘이 없다는 것이니

나를 돌아보고 지금을 보는 맨몸 운동으로

삶의 변화를 경험해 보시길 바랍니다.

삶은,

싸우는 게 아니라 사는 것, 이니까요.

까닭 없이 물색없이
혹 올라오는 마음

            : 마음에 두고 있으면
사라진 것이 아니기에 언제든 혹 올라옵니다.

봄에 만발한 푸릇한 잎이랑 꽃과 열매도
겨울 추위에 내몰려 사라지지만
눈에 뒤덮였다고 없어진 것이 아니라
땅속 깊이 박힌 뿌리는 봄을 기다려
새싹을 틔우며 다시 살아나듯이,

마음속 뿌리도
상처 입은 감정이 마음 깊이 들어가 둥지를 틀면
언제든 붕대를 휘감고 절뚝이며 불쑥 나타납니다.
그건 마르지 않은 뿌리가

상처의 싹을 언제든 틔우는 것이니
너무 나무라거나 혼내지는 마세요.

위로가 필요해서 용기 내어 모습을 드러낸 상처에게,
… 상처 주지 마세요.

결국,
상처가 숨을 곳은 결국 내 안이니까요.

나를 가두어 버린, 나

　　　　: 내가 나를
내 안에 가두고 있지는 않나요?
상처가 이미 쓸고 간 자리에 나와 나만 남았는데
나는 여전히 나를 괴롭히고만 있습니다.

내 차를 위험하게 추월하고
도망가는 차량에 대고 지른 소리는
결국 차 안에 있는 나에게 돌아옵니다.

타인에게 말 못 한 것이 후회되어 혼잣말로 쏟아붓는
욕설이 닿는 마지막 종착역 또한 내 귀입니다.

답답하다고 가슴을 내리쳐봤자 아픈 건 내 가슴뿐이고
괴로움에 퍼붓는 술은 결국 내 몸을 해칩니다.

그런데도 오늘도 멈출 수 없는 건,
나는,
내가 가장 만만하기 때문입니다.

알면서도 안되는 것이야 이해는 가지만
부정을 이해하여 긍정을 막을 수 없기에
알려드리고 싶습니다.

나를 가두지 마세요.
상처는,
내 안의 감옥을 가장 좋아합니다.

나에게 물어봐,
그래도 괜찮냐고

: 마음을
다치지 않기 위해서 마음을 쓰지 않고,
실망하지 않기 위해 행복을 떠올리지 않는다는
누군가의 말은,
상대가 누구라도, 그의 삶의 점 하나를 모른대도,
저릿해 오는 마음을 타고 눈시울이 붉어집니다.

문득 누군가가 흘린 말에서 나를 봤다면
그건 공감 능력 때문이 아니라
상처받은 나의 경험이 연결된 것입니다
혹여라도 처음 들은 말인데도 울림이 있었다면
그건 상처의 예외이지 못한 우리이기 때문입니다.

똑같은 말은 아니어도, 비슷한 표현은 아니어도
우리도 누군가처럼 마음과 행복을 닫았을지 모릅니다.

그렇다고 지나칠 수도, 버릴 수도 없네요.

그래서 드리는 말인데, 그럴 땐
자신을 자책하거나 세상에 냉담한
차가운 단어를 떠올리지 말고
괜찮아, 라는 온기 어린 따스한 말을 떠올려 보세요.

그리고 별스럽지 않게 쓰윽 물어보세요.
'괜찮아, 나?'

마음이 필요로 하는 건 그 누구도 아닌 바로,
나, 입니다.

마음이 원하는 충분한 시간

: 신체의 아픔에도
종류를 모두 나열할 수 없을 정도로 수많은 병명이 있고
통증의 단위도 가벼운 경증에서 극심한 중증까지
환자마다 다 다르게 나타날 것인데
어떻게 마음의 병은, 감기로만 진단 할 수 있을까?

우리의 마음이 무서운 것은,
눈에 보이지 않는 감정이 풀리지 않고
해묵은 채 똬리를 틀고 있다가
어떤 모습으로 불쑥 나타날지 모른다는 데 있습니다.

가지고 태어난 신체도
부모의 보살핌에 따라 건강이 좌우되듯이
마음 또한

비워진 공간 안에 길러지고 채워지는 것이기에
마음을 배울 대상과 보살핌이 필요하고,
살다가 아프고 다치는
고통의 경험에는 재활도 필요합니다.

신체의 아픈 곳을 스스로 짚어내어
진료소를 찾는 연습을 하듯이
마음도 소리 내어 아픈 곳을 말하고
알리고 찾아가는 연습이 필요합니다.

눈에 보이지 않는다고 끙끙 앓기만 하다가는
언젠가는 소리를 질러도 아픈 곳이 어디인지 모를,
고통의 미로에 빠질 수 있습니다.

신선한 것만 보관하는
인생 냉장고를 가져라

: 한때
'냉장고 파먹기'라는 말이
유행처럼 번졌던 때가 있었습니다.
냉장고 문을 여니 먹을 게 없다, 하면서도
냉장고 안은 터지기 직전입니다.
말 그대로 냉장고만 파먹어도 몇 달은 버틸 것 같은데
가만, 음식 상태를 자세히 다시 보니
이리저리 구겨 넣고, 척척 쟁여 놓았다 뿐이지
시들해지고 유통기한이 지나 정작 먹을 게 없는
실상은 빈털터리 냉장고입니다.

이럴 바에는 이 큰 냉장고가 무슨 소용인가, 싶어
작은 냉장고로 바꾸었더니

소비에도 변화가 생기기 시작했고,
무엇보다 쌓고 구겨 넣을 공간이 없으니
남아돌 만큼의 음식을 시키거나
준비하는 태도까지 바뀌어
그 전의 대형 냉장고보다도
만족스러운 '보관 라이프'를 즐기게 되었습니다.

마음도 이랬으면 좋겠습니다.
언제고 한 번씩은 와르르 다 꺼내서
유통기한 지난 것들은 정리 정돈 싹 다 하고
나에게 부피가 크다 싶으면
작은 것으로 용량을 줄이고
식구가 늘어 작은 것으로는 안 되겠다 싶을 땐
다시 용량을 늘리는
그런, '마음 청소'를 했으면 좋겠습니다.

넘어지면 남은 건
일어나는 것뿐

　　　　: 너무도
단순한 말이지만 좀처럼 되지 않습니다.
나는, 나를 객관적으로 볼 수 없는
절대적 주관자인 동시에 이기적 존재이기에
넘어지지 않기 위해 최대한 버티고
내가 가진 모든 안간힘을 씁니다.

살면서 가장 많이 듣고, 가장 많이 하는 말이
'힘을 빼라' 이지만 그게 어디 쉬울까 싶습니다.

지금에 와 돌아보면,
힘을 빼기까지 얼마나 많은 힘을 주고 살았고
그로 인한 실수들이 또 얼마나 많았는지 모릅니다.

그리고 이제 와 말하면,
힘을 줘보길 잘했다, 입니다.

넘어지고 난 후에 일어난다는
매우 단순한 말을 이해하려면,
수백 번 넘어져 봐야 알게 되고,
비로소 넘어지지 않을 수 있도록
힘을 빼는 방법을 깨닫게 됩니다.

어쩌면 우리의 불필요한 힘은,
'겁'에서 나온 것일지 모르니,
너무 겁먹지 말고
넘어져도보고 그런후에
삶의 힘을 툭, 빼보세요.

　　　　: 공간이

없으면 아무리 얇은 바늘일지라도 꽂을 데가 없습니다.

너무 힘들 때 명약이 되는 조언도 들리지 않는 건

그 사람의 말이 틀려서가 아니라

그 사람의 조언을 받아들일 마음의 공간이 없어서입니다.

누구나 옳은 선택이 무엇인지는 알지만

상황에 닥치면 옳지 않은 선택을 할 수 있기도 합니다.

그것은 바로,

자기 경험과 현재에 처한 상황에 따른 선택 때문인데요,

언뜻 보면 우리의 인생이 비슷비슷해 보여도

삶의 결도 다르고, 연결점도 다르고,

각자마다 그린 삶의 지도도 다 다른 우리이기에

옳은 선택보다는 간절한 쪽으로 선택하게 됩니다.

특히나 힘들고 고통스러울 때는 모든 감각이 닫혀
잘 들리던 것도 들리지 않고
잘 보이던 것도 보이지 않아
온 마음을 다해 진심을 전하는
상대와도 원수가 될 수 있습니다.

그럴 땐 작은 바늘 하나도 꽂을
마음의 공간이 없음을 알아차리고
아픔과 함께하는 시간도 가져보라고 말하고 싶습니다.

그 또한 삶의 또 다른 점을 찍는 순간, 이니까요.

내가 누구인지 나는 알까?

: 처음부터 길이 아니라
발자국이 모이고 모여 비로소 길이 됩니다.
하지만 모두가 걸어온 길이라도,
오늘 내가 처음 걷는다면
그것은 그저 낯설기만 한 '첫 길'이 됩니다.

'엄마가 처음이라서'라는 말을 하는 엄마도,
그 말을 듣는 자녀도 모두가 처음이고
그 자녀가 자라 엄마가 되면
아이에게 똑같이 하게 될 것입니다.
처음이라고, 말이죠.

우리는 모두 내가 처음이라서
어쩌면 나를 잘 모를지 모릅니다.

한 살 한 살, 나이를 먹어가면서
세상 공부는 많이 하면서도
나를 알아가는 공부는 하고 있나, 싶을 때도 많습니다.

더욱이 빠르게 변화되는 지금,
온전한 나로서 살기란 여간 버거운 게 아닙니다.
사회를 살자면 변화에 적응도 해야 하지,
관계를 맺자면 눈치도 빨라야 하지…

그야말로 외부에 집중하기 바빠서
내면의 눈을 뜰 새도 없습니다.
그래서인지 세상에 중심 잡기가 참 어렵습니다.
세상은 우리가 처음이 아닐지라도
우리가 사는 세상은…,

전부 다,
처음이니까요.

가끔은 저질러도 괜찮아, 가끔은

        : 누가 봐도
사회적으로 업적도 이루었고 존경받는 삶을 산 사람도
나이를 먹고 나면 '한 게 아무것도 없다'고 말합니다.
아무리 봐도 이룬 것도 많고 쌓은 것도 많은데
무엇이 부족하여 저런 말을 하나 싶은데
홍상수 감독의 영화 제목,
〈지금은 맞고 그때는 틀리다〉를
대입하고 보니 어느 정도 이해가 갑니다.

어렸을 적을 돌아보면
사력을 다해 목을 맸던 그때의 것들이
지금은 부질없이 느껴질 때가 있듯이
과거에 자신의 모든 걸 쏟아 이룬 것도
지나고 나면 '한 게 없는 것'이 될 수 있습니다.

이것은, 과거에 이룬 것이

허무하고 무가치해서가 아니라

더디든 빠르든 우리는 변하는 존재이기에

지금, 삶에서 어떤 것에 가치를 매기는가에 따라서

우리의 본질과 시각이 바뀌고,

그 변화가 과거의 가치도 새롭게 매겨지기 때문입니다.

그러니 지금 마음먹은 것을 해보라고 말하고 싶습니다.

그때가 있었기에 지금이 있는 것을 부정할 수 없지만

그때가 지나고 지금이 되면

우리는 다른 것을 향해 갈 것이기에

나를 믿지 못해서, 상처가 두려워서라는 말로 주저 말고

그냥 한 번 저질러보는 것도 괜찮다고 말해주고 싶습니다.

아무리 큰 폭풍도 지나고 나면

실비로 느껴지는 것이 바로,

시간의 힘, 이니까요.

지금 그리고 여기에 머문다는, gun

　　　　: 그래야
우리는 지금만 살 수 있습니다.
지금을 산다는 건,
어제의 후회와 실수를 끌고 오지 않고
내일의 걱정을 가불함 없이
오직 오늘에 집중한다는 것입니다.

불필요한 것을 버리고
꼭 필요한 것만 남기는 미니멀라이프처럼
우리는 어제라는 과거를 버리고
내일이라는 미래를 당겨와 생각하지 않고
오늘이라는 열린 길을 걷는
'미니멀타임'을 살아야 합니다.
잠에서 깨면 꿈에서 잊어야 하고

영화가 끝나면 극장 밖으로 나와야

우울이 닿지 않는 즐거운 삶을 살 수 있습니다.

부디, 오늘이 내게 열어 준 행복할 시간에

어제와 내일의 총으로 나를 조준하지 마세요.

관계에 대한 우리의 자세

흔들린다고 틀린 게 아니다

'헤어지지도 못하는 여자와
떠나가지도 못하는 남자'

관계 잘하고 싶지, 못하고 싶은 사람이 어딨겠어요.
'인싸'를 보면 그저 부럽고
'아싸'가 될까 봐 전전긍긍하게 되고.
관계라는 말 앞에서 딱히 잘 못 한 것도 없는데
주눅부터 드는가 하면
잘못 살지도 않았는데
잘못 살았다는 생각이 들면
괜한 우울함이 마음을 파고들 때도 있습니다.

다행히 MBTI 성격유형 열풍이 불면서
인싸도 아싸도 서로의 그럴만한 성격으로 이해받아
관계에서도 전형적인 것보다는 개성이,

정답보다는 다 답의 기회가 열린 게 아닌가 하는 생각도
듭니다만, 그래도 여전히 우리는 관계라는 말 앞에
자유롭지도, 무게를 덜어내는 것도 쉽지 않습니다.

그도 그럴 것이,
멀리서 보는 세상은 눈으로 담는 이론서이지만
가까이 놓인 세상은 우리의 몸이 푹 담긴 체험판이니
말이 쉽지, 여간 까다롭고 어려운 게 아니며,
이미 사회적 관계로서 형성된 구조와
인과 관계까지 맞물리면 몸무게를 능가하는
갑옷과 두꺼운 마스크까지 더해져
감당키 어려운 무게감으로 와닿기도 합니다.

참, 관계도 어려운데 구조와 인과 관계까지 합세라니.
이쯤 되면 바로 과부하가 날 수밖에 없는데요,
그렇다고 모든 관계를 끊고
사람 한 명 없는 무인도를 찾아갈 것이 아니라면
'적당히'라는 말을 새겨 볼 만합니다.

제가 말하는 적당히는 바로,

'마이너스 관계법'을 말하는데요,

관계 천재도 아니고, 인싸 추종자도 아니라면

적당한 사람과 적당히 만나서 적당한 선을 긋고 맺음으로

'적당한 관계 유지자'가 되라 말하고 싶습니다.

사실, 관계라는 것이

뜨거운 물과 차가운 물이 만나 미지근하면 되지

뜨겁고 열정적일 필요는 없습니다.

특히 어딜 가도 피할 수 없는,

직장생활과 같은 소속 관계로 맺어지는 관계는

이해가 아닌 조직 관계가 중요하니, 이해를 빼면 되고

친구 사이에서는 이해와 공감을 외에는 더할 필요가 없

습니다.

어쩌면 관계가 어렵다고 하는 사람들의 공통점은

우물에서 숭늉을 찾기 때문일지도 모릅니다.

즉, 너무 많은 것을 원하는 것이

관계를 망치는 줄 모르고

이것도 잘하고 싶고 저것도 챙기고 싶은,
바라고 원하는 게 너무도 많습니다.
관계는 곧 선, 이며 이 최소한의 선만 지키면
관계는 크게 망칠 것도, 잘못될 것도 없습니다.
예컨대,
직장 동료와의 관계는 업무적 관계에서 따져 볼 일이고
가족과 친구의 관계는 정서적 관계에서 따져 볼 일입니다.

그리고
설령 최소한의 선이 곧 관계를 지켜주는 울타리라 해도
울타리를 좀 벗어나면 어떻습니까?
우리가 관계를 끊는 게 아니라
사람과 끊어지고 끊기는 것이라면
시절 인연이라는 말이 있듯이,
시절이 오고 지나면서 얕고 깊은 인연은 또 오고 갑니다.

헤어지지도 못하는 떠나가지도 못하는
'예약 이별'이 길 때 우리가 힘들어하는 것이 바로,
'관계'라는 것, 잊지 마세요.

내 편, 이라는 무시무시한 착각

: 아이와 어르신의
관계에 대한 공통점은 바로 연연함이 없다는 것입니다.

아이는 놀이터에서 만난 아이와 친구를 바로 맺고
어르신은 지하철에서 만난 이와 대화를 연결합니다.
그리고는 각자의 자리로 미련 없이 떠나고
다음 날 만나는 새로운 인연과 만나 대화를 이어갑니다.

어쩌면 우리는 관계에서,
나와 너에서 우리라는 공동의 깊은 관계를 요구하고
'내 편'이라는 말로 소유하려는지도 모릅니다.

하지만 이러한 착각은
내 편이 아닌 사람은 친구가 아니거나

내 편이 아닌 이유로 대척 지점으로 세워두기도 하여,
우리가 누릴 수 있는 관계의 의미와 범위를 축소 시킵니다.

사실 내 편, 이라는 말처럼
무시무시한 말이 또 있을까, 싶습니다
서로 다른 사람이 만났는데
나와 성격과 취향까지 맞아야 하고, 맞춰야 한다니!
나와 거울이 마주해도
이쁘고 밉고, 기분에 따라 변하는데 말이죠.

관계가 쉬운 이들은 남을 만나고
관계가 어려운 이들은 또 다른 나를 찾아다닌다고 하니,
관계의 무게를 덜려면,
나와 너의, 정확한 구분부터 해야 합니다.

세상에 절대적인 내 편은,
세상 그 어디에도, 없습니다.

인간관계 다 그런 건데, 몰랐어?

: 관계에서
잘 맞는 사람을 만나면 힘이 나지만
잘 맞지 않은 사람을 만나면 힘을 써야 하고
잘 맞는 사람보다는 그렇지 않은 사람이 더 많습니다.

뿐인가요?
내가 잘 맞는다고 하는 사람도
나와 맞지 않다고 뒤돌아서는 게 인간관계니,
되새길수록 보통 어려운 게 아닙니다.

그래서 어느 날은 관계 때문에 즐거워 웃고,
어느 날은 관계 때문에 힘들어 울고
평생을 따라다니며 우리의 감정 기복을 만드는
주요 원인이, 관계이기도 합니다.

손바닥도 마주쳐야 소리가 나고
백지장도 맞들어야 힘이 납니다만,
나랑 딱 맞는 손은 결코 없습니다.

그러니 관계는,
그저 손과 손을 맞대고
손에 손을 더한다는
가벼운 생각으로 맺으시길 바랍니다.

솔직하면 안 되는 게 인간관계다

: 우리는
솔직해지자면서도 정작 솔직해지면 거부감을 느낍니다.
까도 까도 새로운 겹이 나오는 것이 양파의 매력이지,
더 이상의 겹이 없는 양파는 전혀 매력적이지 않습니다.

관계에서 너무 솔직해지면,
자칫 매력 없는 민낯을 드러내는 것이나 다름없고,
관계의 솔직함의 선은,
솔직하다고 치부까지 드러내서는 안 되며,
솔직함을 무기로 공격적인 언어를 써서도 안 되고,
솔직함을 앞세워 하고 싶은 말을 쏟아내서도 안 됩니다.

관계에서 솔직함의 바탕에는
서로를 연결하는 공감이 깔려있어야 하고,

따스한 온도로 서로를 바라봐주는
시선이 있어야 합니다.

아무리 좋은 재료도 재료는 재료일 뿐,
양념 없이는 음식이 될 수 없고,
제아무리 건강식도 입에서 못 넘기면 그만입니다.

그러니 '솔직'이라는 주재료를 살리기 위해서는
상대를 인정하고 이해하는 인간적 온기와
서로 다른 경험을 이어주고 연결하는
주재료의 맛을 더할 풍미 있는 양념이 필요하다는 것,
잊지 마세요!

　　　　: 나의 삶에서
'나'라는 주어가 빠진 문장이 있을까요?
함께 있으나 유령 취급을 받아버리거나
미력한 존재가 돼버리면 그건,
내가 없는 관계 속에, 내가 있는 공허한 관계입니다.

'내 애길 책으로 내면 10권은 족히 나온다.'라는
흔한 말을 들어보셨을 텐데요,
책으로 나온대도 그 누가 읽을까, 싶은 이 책의 포인트는
읽는 독자가 중요한 게 아니라
책 속의 주인공이 '나'라는 것이 중요합니다.

그러니 관계라는 울타리 안에 갇혀
내가 없는 글을 짓고 있다면,

그건 언제든지 허물어질 수 있으니
잡은 펜을 멈추시길 바랍니다.

아무리 중요한 목적어라도
'나'라는 주어를 앞지를 수는 없고,
아무리 근사한 집일지라도
내가 살지 않는 공간은 무의미합니다.

나도 못 고쳐 쓰는데 누굴?

: 바보 온달
의 삶을 바꾸어 놓은 평강 공주의 판타지 때문인지,
간혹 상대를 바꿀 수 있다고 생각하는 사람들이 있습니다.
그러나 이건 동화 속 이야기일 뿐, 대단한 착각입니다.

그 착각이 맞다면,
왕자와 공주가 만나 행복하게 살았습니다, 로
끝나는 모든 동화책이 우리에게도 적용되어야 하는데,
실제로는 왕자와 공주가 만났다고 해도 이후의 삶은
갈등과 불협화음, 다툼의 연속에 놓이지 않나요?

바보 온달이 평강 공주에 의해서 변화된 것은,
그의 성격이나 습관이 아닌 삶의 목적이 바뀐 것이고
목적이 명확해진 바보 온달, 스스로가

~~~~~~~~~~ 우리는 모두, 참 괜찮은 사람입니다

목적에 맞게 성격과 습관을 조정해 나간것 입니다.

결국 자신을 바꾼 것은,
평강 공주가 아닌, 바보 온달, 자신이며
평강 공주는 바보 온달을 고친 것이 아니라
그가 가진 능력을 알아봐 준 지혜로운 인물입니다.

그러니 누군가가 걱정된다면
'너는 틀렸어'라는 말로 고친다고 달려들지 말고
잘 되길 바라는 마음을 전하세요.

어느 사람도 나를 향해
망치를 들고 달려온다면 도망부터 갑니다.

자존, '심'과 '감'의
미묘한 한 끗 차이

　　　　　: 자존,
'심'과 '감'의 한 끗 차이는
나를 바라보는 주어에서 결정되고,
공통점은 나를 바라보는 마음의 눈에서 비롯됩니다.

자존,
'심'과 '감' 모두 언뜻 보면 날카로운 칼과 강한 방패로써
나를 지켜내는 공동운명체처럼 보이지만
자존심은, 당당함이 사라진 자리에 독풀처럼 자라나고
자존감은, 내면의 힘이 사라지면 말라 죽게 되니
이 둘을 '운명공동체'로 잘만 다스린다면 자존,
'심'과 '감' 모두
건강하게 내 안에서 뿌리내릴 수 있습니다.

　　　　　　　～～～～～～～ 우리는 모두, 참 괜찮은 사람입니다

그러기 위해서 싸우지 말고
웃으면서 이기는 방법을 선택하십시오.

왜냐하면,
싸우면 상대를 미워하는 과한 에너지를 써야하지만
웃으면 에너지를 쓰지 않고도 이길 수 있기 때문입니다.

중요한 것은
자존심은 없애는 게 아니라 녹이는 것이니
내가 중재자로 나서 화해시키고
둘은 한뿌리에서 나온
운명공동체라는 것을 상기시키십시오.

그리고 팁 한 가지!
고래도 춤추게 하는 것는 칭찬의 반대말이
바로 '격려'라는 것, 잊지마시고,
자존, '감'이 '심'에게 손내밀라고
조용히 속삭여 주세요

흔들려라, 어지럽고 싶다면

: 열등감은
나보다 나은 타인으로부터 받는 게 아니라
내가 나에게, 내 자리를 내어주지 않음으로 생깁니다.
내가 남보다 못하다고, 남이 나보다 잘났다고
내가 가진 전부를 자책하고 비난한다면
나에게 돌아오는 것 또한 자책이고 비난뿐이며
이것으로 내 안에서 부정 순환이 시작됩니다.

결국 내가 가진 나의 자원과 자산을 팽개친 채
남을 향하기만 하면,
삶이라는 대지는 어느새 거친 들판이 되어
앞으로 향하는 발걸음을 방해하고
실바람에도 흔들려 위태롭게 만듭니다.
남이 가진 것과 내가 가진 것을 저울질하지 마세요.

그런다고 내게 돌아오는 것이 아니라
그만큼의 시간만 뺏깁니다.

결국 남을 탓하는 것 같지만
자신을 원망하는 것이고,

그 원망의 시간이
오늘이라는 기회를 가지고 도망쳐 버립니다.

너무 꽉꽉 채우니까

        : 어떻게
모든 사람에게 잘할 수 있겠어요?
사람을 만난다는 다른 말은,
나와 다른 성격을 만난다는 것이기도 하고,
잘하고 싶다는 건
누군가의 마음에 들고 싶다는 거꾸로 된 표현인데.
다행히 나와 잘 맞는 사람과 만날 수도 있지만
그럴 확률보다는
나와 맞지 않는 사람을 만날 확률이 높습니다.

'모든 사람에게 잘할 필요는 없다.'는 말의 의미는,
사람을 담는 저마다의 그릇이 다르기 때문입니다.

컴퓨터로 치면 용량으로 풀이될 이것은

상대와 비교하고 견줄 필요가 없이,

그저 타고난 내 몫이기에

내가 가진 것보다 넘치면

컴퓨터는 과부하가 나고, 그릇은 담질 못하니

결국, 멈추고 흘러넘칠 수밖에 없습니다.

그런데 다행인 것은,

용량도 그릇도 고정적이고 불변적인 것이 아니라

유동적이고 가변적이라서 시간과 시절에 따라

좁았던 것이 늘어나기도 하고,

작았던 것이 커지기도 하니 시간을 기다려

사람을 담는 나의 크기를 잘 들여다보시길 바랍니다.

너무 꽉 찬다 싶으면 채움을 멈추고 덜어내십시오.

그렇지 못해 괴로운 것은 결국,

나! 이니까요.

두 뼘의 거리

: 두 뼘의 거리가
모종과 모종을 살리는 힘이 되듯이
나와 너, 그 사이가 '우리 사이'를 만듭니다.

아이러니하게도
가장 친밀하고 사랑하는 부모와 자녀 사이에서
많은 갈등이 일어나는데요,
진자리 마른자리 갈아주며 금이야 옥이야 키운 부모로선
갈등하는 자녀가 서운하고 황당하고 그지없겠지만,
자리는 기억에 없고 잔소리만 기억에 남는 자녀는
자기 뜻대로 가기 위해 부모를 밀어냅니다.

그것은 바로 '기준의 독립'을 했기 때문인데요,
부모가 세상의 첫 경험인 자녀로서는 처음에야

부모의 뜻과 의지대로 비와 눈을 피했지만
몸 마음에서 최소한의 자립할 힘이 생기면 스스로
장화와 우비를 챙겨 몸을 보호하고
두툼한 패딩과 손난로로 온기를 준비하게 됩니다.

이러한 갈등의 관계와 원인을 이해하면,
관심의 말과 잔소리의 입장의 차이를 받아들이게 되고,
감정을 거두고 두 뼘만 떨어져서 본다면,
삶의 기준을 부모에서 자신으로 가져와
세상을 제 눈으로 바라보고
오롯이 제힘으로 살아가려 몸부림치는
자녀를 향해 축하를 보내게 될 것입니다.

이것은 비단 가정뿐 아니라
젊은이와 기성세대 사이에서도 문화와 정서 등
많은 방면에서 간극과 차이가 나타나는데
두 뼘만 떨어져서 생각해 보면
지난 시절을 살아온 기성세대와
지금을 사는 젊은이 간에 시대적 기준이

틀림이 아니라 다름으로 고개가 끄덕여질 겁니다.

아무도 경험하고 살아 보지 않으면
아무런 이해와 인정이 일어나지 않으니
서로에게 적당한 거리를 두시고,
너무 다가가려 하지 마세요.

모종을 살리는 두 뼘의 거리가
사람의 관계도 살립니다.

누구도 결코
삶의 점 이상을 알 수 없다

　　　　　: 나이는
단순한 흐름이 아니라 축적이라는 말에 동의할 겁니다.
그 어떤 사람도 나이만 먹은 사람은 없고
어떤 식으로든 우주의 작은 역사를 형성합니다.
그러기에 사람이 사람과 만난다는 것은
또 다른 의미로는 역사와 역사가 만나는 것이기도 합니다.

새로운 만남에서 대화가 중요하다고 하는 것은,
바로 개인이 세운 역사를 주고받기 위함인데요,
사실 많은 시간을 공들여 대화한다 해도
결국 자기 경험의 틀로 타인을 볼 수밖에 없으므로
다 아는 것 같아도 다 알 수가 없는
해석의 오류가 일어날 수밖에 없고,

어쩜 이렇게 나와 똑같냐며 소통을 자축했던 순간도,
어쩜 이토록 나와 다르냐며 불통의 원망으로 돌아서는
순간을 맞이할 수밖에 없습니다.

어쩌면 점 하나의 인연을 맺고 있는데도,
길고 질긴 인연의 끈으로 맺어졌다고 착각하는 우리는
'서울에서 김 서방'을 찾아 헤매며 평생을
만나고 헤어지고 만나고 헤어지는지도 모릅니다.

척하면 착!
우연이거나 착각이거나

: 어쩌다
우연히 맞은 걸 가지고
운명이라고 말하는 우린,

어쩌면
외로운 존재가 맞는가 봅니다.

어쩐지
확실히 맞는 말 같습니다.

어쩌죠?
척하면 착! 한다는 이 착각을.

: 누구나

흔들리고 넘어지고,

좌절하고 절망하고,

죽을 만큼 새겨진 고통에

몸부림조차 일으킬 힘조차 없을 때가 있습니다.

네, 있습니다.

살면 살수록 더 확실합니다.

그런데 살아 보니 이 말을 전하고 싶습니다.

그것이 나의 어두움이라면

나의 몸을 내 안으로 숨기라고요.

타인이 절대 볼 수 없는 곳에 묻어버리고
주변의 흙이 있다면 쓸어모아 덮어서
쾅쾅, 발로 밟아 자리를 다지라고요.

'어두운 시절에 남이
내 곁을 지켜줄 것으로 생각하지 마라.
해가 지면 내 그림자도 나를 버리기 마련이니.'
– 이븐 타이미야

쉿!
나를 볕 아래 놓지 않으면
누구도 내 빛을 볼 수 없습니다.

작은 가시도 가시는 가시인데

: 손가락을
파고든 가시가 무서운 것은
가시 때문이 아니라 가시가 품은 독 때문입니다.
아무리 작은 가시라도 독이 묻었다면
그건 무서운 결과를 가져올 수 있습니다.

말도 그렇습니다.
무심히 툭 던진 말도 상처가 되는데
독을 잔뜩 묻혀서 상대에게 던진다면
말을 들은 상대는 지울 수 없는 상처를 입게 되고
말을 뱉어버린 나도 지울 수 없는 기억으로 남습니다.

아무리 작은 가시라도 가시는 가시이고
아무리 적은 말도 말은 말이기에

화가 난대도 독이 묻은 말이라면

깊이 삼키세요,

꿀꺽.

미안해,
가깝다고 아프게 해서

: 양심을 걸고

지금 가장 만만한 사람, 세 명을 떠올려 보세요.

그 사람들, 나와 가장 가까운 사이 아닌가요?

마음은 이해합니다.

힘들고 괴로운 나머지…

가까운 사람에게 하소연한다는 게 그만…

맞죠?

그런데 나와 가까운 그는 나의 하소연이

아마도 길을 가다가 사고를 당했거나

산책길에서 천재지변을 만난 것 같은 기분일 겁니다.

이제부터는

양심을 걸지 말고

마음을 걸어보세요.

.

.

.

그럼,

미안해, 고맙다는 말이 먼저 나갈 것입니다.

완벽한 타인,
그보다 더 완벽한 소문

　　　　　: 아니 땐 굴뚝에
나는 연기가 바로, 소문입니다.
소문이 한 명의 사람을 만나면 단어가 문장이 되고,
또 한 명을 스치면 문단이 되고,
열 명만 거치면 한 편의 소설이 완성됩니다.

소문을 전파하는 이들의 공통점은
배우 뺨치게 연기를 잘한다는 것인데요,
신기하게도 이걸 듣고 있는 사람도
어느새 전문 교육 없이도 연기자가 된다는 것입니다.

자신의 희극을 즐기기 위해
타인에게 비극을 안겨주는 사람들을 우리는,

.
.
.
'완벽한 타인'이라고 부릅니다.

한 발 내디딜 용기, 거절

    : 거절에서
자유로운 관계가 가장 친밀한 관계라는 말이 있는데도
여전히 거절에 대해서 우리는 인정머리가 없고
이기적이라는 부정적인 프레임에서 벗어나지 못한 채
거절의 어려움을 안고 삽니다.

그뿐만 아니라, 거절당할까 두려워
미리 도망치거나 다가서기도 전에 물러나는데요
이것은 거절의 실제 얼굴을 몰라서 하는 말입니다.

사실 알고 보면 거절은 양심적 행동으로
상대의 요구에 따른 무리한 수락은
나와 상대의 관계를 틀어지게 하고,
괜한 일을 자처한 자신에게도

실패의 경험을 안겨줌으로
양자에게 도움이 되지 않습니다.

그러니 거절의 의미를 다시 새기거나
혹은 미움받을 용기를 내어
거절로 건강한 신뢰를
만들고 다지고 쌓으시길 바랍니다.

관계는 착각일 뿐

　　　　　: 연애하거나
결혼한 사람들의 공통적인 말이 바로,
'콩깍지가 씌어서'입니다.

콩깍지 덕분인지, 때문인지
그땐 상대가 가진 모든 것이 둔갑술을 부리듯
좋지 않은 것도 좋게 보이고, 허점도 강점이 되어
정작 보아야 할 것이 가려지게 됩니다.
하지만 시간이 지나 싫증이 나면
모든 건 제자리로 갑니다.
아니, 좀 더 정확히 말하면
그건 장점도 단점도 아닌
원래의 제자리로 돌아간 것입니다.
이런 착각을 무한 반복하면서도

관계에서 떠날 수 없는 우리는
'콩깍지 중독'에 빠진 사람들 같습니다.

타인의 시선에 대한 우리의 자세

맹탕으로 사느니 단짠을 선택하겠다

'칼은 아무 잘못 없습니다.
다만 쥔 사람에 따라 달라질 뿐.'

어쩔 수 없이
벗어나야지 하면서도 쉽게 벗어나지 못하고,
의식하지 말아야지 하면서도
자꾸만 돌아가는 눈동자의 끝에는 '타인'이 있습니다.

이렇게 타인을 의식하는 시선은
열린 새장에서 꼼짝없이 갇혀 사는
앵무새를 연상케 하는데요,
이렇게 생각하니
세상은 빨리빨리, 더 '빨리'를 외치며
그야말로 급속도로 변하는데,
인간의 본능과 본성은

~~~~~~~~~~ 우리는 모두, 참 괜찮은 사람입니다

변해야 한다면서도 변화에 참 무디고
벗어나야 한다면서도 갇혀있단 생각이 듭니다.

그런데 재미있는 것은 변화에 무딘 사람들이
세상을 이리도 빨리 변화시켰으니,
갑자기 사는 것, 참 재미있다는 생각이 듭니다.

어느 100만 구독자를 자랑하는 먹방 유튜버가
비난 섞인 한 줄의 댓글 한 줄에
그만두고 싶다는 말은 들은 적이 있는데,
응원 일색의 수많은 댓글 중에 시침핀처럼 박힌 글을
찾아낸 것도 대단하지만, 지금까지 쌓아 온 모든 것을
댓글 한 줄이 무너뜨릴 수 있다는 생각에
악플은, 춤추는 고래도 멈추게 하는구나! 했습니다.

그런데
많은 이들이 타인의 시선에 자유로워지고 싶다고 하면서도
또한 정작 시선 없이는 자랑할 맛이 날까?, 싶네요.
100만 중 한 개의 악플에 고민이 생기기도 했지만,

누군가의 시선으로 구독자 수가 100만이 되었으니
타인의 시선에서 참 재미있는 모순이 발견됩니다.

그러고 보니 연극의 3요소에 '관객'이 포함되고
서양에서 연극을 의미하는 극장(Theatre)이
'지켜보는 장소'를 의미하는 것만 봐도
시선이 가진 힘이 또한 얼마나 중요한가를 느끼게 됩니다.

모든 이치에는 양날의 검을 지니고 있으니
벗어나고 싶어도 벗어날 수 없는 새장을
다시 한번 더 둘러보세요.
잘못 활용하면 타인이라는 감옥에 갇히기도 하지만
잘만 활용한다면 타인의 시선은 내가 가진 에너지보다
훨씬 더 높은 에너지를 발휘할 수 있으니, 말입니다.

맞습니다.
칼이 무슨 잘못이 있나요?
칼을 누가 쥐고 있는가에 따라,
칼을 어디에 쓰는가에 따라 자 · 잘못이 정해질 뿐이죠.

인생, 누구나 다 모른다

: 혹시,

두 번 살아 본 분 계신가요?

네, 아무도 없을 겁니다.

우리는 인생을 두 번 살 수도 없고,

내일을 반 치 앞도 내다볼 능력도 없습니다.

우리의 삶은 전진하듯 앞으로만 나가고 있고,

딱 하루의 삶인, 오늘만 허락되며

비슷한 듯 보여도 한 번도 같은 날이 없기에

어제 같은 오늘도, 오늘 같은 내일도 없습니다.

그러기에 삶은 아무도 모른다는 것만큼은 공평합니다.

그리고 이 공평함을 잘 활용하는 방법은,

어제의 두려움도 내일의 희망도 품지 않아야 하고,

그 어떤 예상을 해도 뜻대로 이루어지지 않는다는 걸
빨리 알면 알수록 누구보다 유리합니다.

나도 모르고 남도 모르는 공평한 인생,
'모름'을 유용하게 활용하길 바랍니다

어차피 틀릴 거라면

        : 공부를
잘해야 잘 살 수 있다는 말에
공부가 인생의 전부라고 생각하고 믿었습니다.
그런데 졸업하고 한참 만에
공부가 인생의 전부가 아닌 친구들이
잘 사는 것을 보고 삶을 의심하게 되었습니다.

나쁜 짓을 하면 벌을 받는다는 말에
벌받지 않으려고 나쁜 짓 안 하려고 노력했는데
내가 생각하기에 나쁜 짓 했던 친구들이
벌은커녕 오히려 멀쩡하게 잘 사는 걸 보고
삶의 회의를 느껴진 적이 있었습니다.

이 모든 것이 헷갈릴 때쯤,

그 어떤 사람도 공부를 안 하는 사람은 없었고

자신이 나쁜 짓을 하면서 사는 사람은

단 한 명도 없다는 걸 알았습니다.

교과서가 아닌,

학교 밖에도 해야 할 공부는 너무도 많았고

나쁜 짓의 정의는 각자마다 달랐던 것입니다.

이렇게 결론이 날 줄 알았더라면

'내가 하고 싶은 대로라도 하고 살걸'…하는

후회가 올라옵니다.

부모님 눈치, 선생님 눈치 보다가

내 인생은…

망(亡)했습니다.

부족한 사람이 시작한다

: 토끼와 거북이의
경주에서 거북이가 이길 수 있었던 것은,
토끼를 이길 수 없다는 걸 알았기 때문입니다.
만일 거북이가 토끼를 이기려 들었다면
짧은 다리를 원망하고 느린 걸음을 자책하고
달리기도 전에 경주를 포기했을 것입니다.

무언가를 하기 전에 채우고 시작하려는 사람이 있습니다.
그러다 보면 시작의 때를 놓치는 경우가 많은데요
그건 시작도 하기 전에 에너지가 고갈돼서입니다.

채운다는 것은, 나의 부족을 미리 판단한 것으로
이미 나의 기를 죽이고 시작하는 것이나 다름없습니다.
가끔 명반을 남긴 작사 · 작곡가들이

10분 만에 완성했다는 다소 황당한 말을 하기도 하는데
전혀 없는 일도, 틀린 말도 아닙니다.

글을 쓴다 쓴다, 하면서도 한 줄도 못 쓰는 사람과
그림을 그린다 그린다, 하면서도
점 하나 찍지 못하는 사람에게 부족한 것은
'재능'이 아니라 '시작'입니다.

사실은 부족해야 덜컥, 해버리는데
우리는 너무나 많은 것을 준비하는데
시간과 에너지를 쓰고 있지는 않나요?

노벨 문학상을 타는 것도 아니라면,
박물관에 걸릴 작품을 그리는 것도 아니라면,
일단, 펜과 붓을 들어서

쓰고 그리세요,
얼른.

그릇의 품격

　　　　: 나이를 먹으면
가진 그릇보다 좀 더 커진다는 말이 있는데,
그것은 그릇이 크고 넓어져서가 아닙니다.

아이 때는,
세상을 나아가는 힘만으로
그릇보다 더 큰 욕구를 채우고

성인이 되면서,
성찰과 균형 감각을 배워 욕구는 덜어버리고
집중력으로 그릇의 크기에 맞게 채우고

성숙해지면서,
채우는 삶보다는 비우는 삶이

얼마나 멋진 삶인지 알기 때문에
그릇이 커지는 것입니다.

이것이 바로,
삶의 그릇이 가진 자유로운 너비이고 깊이이고,
삶이 그린 '그릇의 품격'입니다.

철들지 말고 삶 들자

: 죽을 때까지
아이의 마음으로 살았으면 좋겠습니다.

어른이 되니 모든 것이 무겁습니다.
분명 무게도 없는 마음인데
아이 때는 가슴이 터지도록 뛰어도 힘들지 않았던 것이
어른이 되고 나니 한 발만 떼어도 숨이 턱턱 찹니다.

어른이 되니 모든 것이 흐릿합니다.
분명 시력에는 변화가 없는데,
아이 때는 세상의 모든 색이 맑고 밝았던 것이,
어른이 되고 나니 형상도 뿌옇고 색상도 탁합니다.

작은 가슴을 가진 아이 때는 그토록

다 받아주고 괜찮았던 것이

넓고 넓은 가슴을 가진 지금

바늘 하나 꽂을 곳 없이 좁아지다니…

철들지 말고

삶, 들어야 하는데…

점점…

철이 든 자리에

삶이 빠져나갑니다.

탈탈 털린대도
멘탈만은 털리지 말자

          : 아침을
먹었다고 아침이 오는 게 아니고
저녁을 먹었다고 저녁이 오는 건 아닌가 봅니다.

누가 아침 점심 저녁을 식사로 정했는지 모르겠는데
때론 시간이 식사보다 중요합니다.

참새가 방앗간을 지나치지 못한다는 말이
병원과 약국이 될 줄은 몰랐습니다.

어느새 책을 밀어내고 약봉지가 더미를 이뤄 수북합니다.
이러다 옷장을 밀어내고 약장이 놓일 것 같습니다.
다 털려도 멘탈만은 털리지 말았어야 했는데…

남이 툭 던진 말 한마디에
이렇게 대자로 뻗을 줄이야…

사람인 줄 알았는데
내가 개구리일 줄이야…

오늘도 약국을 지나치지 못하고
마음에 붙일 반창고를 삽니다.

마냥 그럴 때이고
그냥 그럴 나이인 거다

       : "너의 젊음이
너의 노력으로 얻은 상이 아니듯이,
내 늙음도 내 잘못으로 받은 벌이 아니다."

영화,
〈은교〉에서 노시인, 이적요의 말이 잊히지 않습니다.
여기에
'젊음을 젊은이들에게 주기에 아깝다'라는
조지 버나드 쇼의 말까지 더하면
가슴안에서 왠지 모를 묵직함이 올라옵니다.

그런데 시간이 가면 갈수록 대사와 명언이
옹이처럼 새겨지면서도 마음 한편에는 마땅히

'젊은이의 젊음은 젊은이가 가져야 한다'는 생각입니다.
어른은 늘 자신이 살아온 날을 경험 삼아
젊은이들에게 그들에게 펼쳐질 삶을 알려줍니다.
하지만 젊은이들은 이런 어른의 경험을
두 글자로 압축해 버립니다.
'꼰. 대'

양자가 다 옳고 맞습니다.
살아 보니 더 잘 사는 방법을 일러주는 어른도 옳고
살지 않았으므로 살면서 알아가겠다는 젊은이도 옳습니다.
그때를 살아 열심히 살고 경험을 남긴 어른도 맞고,
그때와 다른 지금을 살고 경험하는 젊은이도 맞습니다.

두 마음인 뜨거운 물과 찬물을 섞어
미지근한 물이 되면 참 좋겠지만
이 두 마음은 절대 섞일 수 없는
뜨겁고 찬, 각각의 두 컵에 든 물일 뿐입니다.
어른과 젊은이는
시대적 상황이 다르고 문화적 경험이 다릅니다.

그러니

살아 보니 알게 되었으므로

살아 보게 놔두는 지혜가 필요합니다.

제아무리 뜨거운 물도 언젠가 시간이 지나면,

… 식으니까요.

삶을 살아가는 방법의 하나, 바로 삽질

　　　　　: 오늘도 내내
삽질만 했다면 참 잘하신 겁니다.

그림을 배울 때 가장 많이 하는 연습이 선 긋기인데
선만으로는 그림이 되지는 못하지만
선 긋기 과정을 거치지 않으면
그림의 기본을 다질 수 없습니다.

그러니
삶이라는 집을 짓는 과정에서 삽질은
아주, 매우, 대단한 기본에 해당하니
오늘 내내 한 삽질로 삶의 집이
아주 단단하게 짓게 될 겁니다.
삽질! 참, 잘하셨습니다.

답, 나는 모르는데 너는 알아?

: 모릅니다.

전혀 모릅니다.

안다면 세상에는,

전쟁 없이 평화만!

충돌 없는 화합만!

불행 없는 행복만!

엇갈림 없는 이해만!

오해와 갈등이 아닌 사랑만!

81억 인구,

한 명도 빠짐없이 다 같이 다 잘 살았을 겁니다.

답은, 너도나도, 아무도 모릅니다.

월화수목금토일 1,2, 3…365일

　　　　: 책상 앞에
방문 앞에, 침대 머리 앞에, 현관 앞에,
냉장고 옷장 정수기 에어컨 등등
눈에 보이는 모든 곳에
'월화수목금토일 1,2, 3…365일, 행복해지자'
글귀를 써 붙이십시오.

이왕이면 알록달록 이쁜 종이 위에 정성스럽게 써서.
붙일 때도 예쁜 자석이나 색 테이프로 붙이세요.

우리의 뇌가 대단히 복잡한 것 같아도 매우 단순해서
작은 글귀 하나를 던져 주면 작동하기 시작합니다.
그러니
'월화수목금토일 하루 이틀 삼일, 365일, 행복해지자'라는

글귀를 볼 때마다 틀림없이
하루에 꼭 행복할, 하나가 만들어질 거예요.

원인 없는 결과가 없으니
작은 종잇조각으로 원인으로 만드세요.
그럼, 행복이란 커다란 결과가 옵니다.

~~~~~~~~ 우리는 모두, 참 괜찮은 사람입니다

김칫국이면 어떻고
찬물이면 좀 어때?

: 매주
복권을 사는 후배가 있습니다.
또한 매주 허탕을 치길래 후배에게
맞지도 않는 복권을 매주 사는 이유를 물었더니
'일주일이 행복해서'라고 말합니다.
후배는 매주 만 원의 행복을 실천하는가 봅니다.

후배를 보고 있으니 문득
삶을 사는 이유를 묻게 됩니다.
돌아오는 답은,
당연하고도 당당하게도
즐겁고 행복하기 위함입니다.
우리가 고민을 왜 하나요?

빼앗겨 버린,

즐겁고 행복한 시간을 되돌려 놓기 위함이잖아요.

행복할 수만 있다면,

복권을 왜 사냐는 핀잔을 듣는대도,

행운이 답해주지 않는다 해도,

그게 뭐든 상관없지 않을까요?

일주일 내내 김칫국을 마셨다가

찬물 마시고 정신을 차렸다가

또 김칫국으로 즐겁고 행복할 수만 있다면,

김칫국이면 어떻고 찬물이면 어떤가? 싶네요.

마주 보는 사람의
오른손은 늘 엇갈린다

　　　 : 세상에서
가장 쉬운 것은 남을 판단하는 일이고
가장 어려운 것은 남에게 판단 받는 것입니다.

판단 받는 것을 그토록 두려워하면서도
남을 판단하는 것을 멈추지 못하는 것은
나의 부족함이 드러나기 전에 남을 지적하여
나를 감추고자 하는 마음에서인데,
그건 감추는 게 아니라 드러나는 것입니다.

마주 보는 사람의 손은 늘 엇갈리듯이
우리는 같은 생각을 할 수 없는 존재입니다.
두 개의 머리가 모이면 두 개의 생각이 나오고

머리가 많으면 많을수록
복잡하고 시끄러워지는 것은 당연합니다.

좋은 결과와 성과를 위해
같은 마음으로 같은 곳을 보고
함께 뛰는 것만이 좋은 것이 아니라
각자의 생각과 방법이 인정되고 존중하여
선택의 폭을 넓히는 것이 더욱 좋은 방법 아닐까요?

같은 것을 보아도 시선이 다르다면
출발도 방향도 목적지도,
나뉘고 갈릴 수 있습니다.

우리는 모두,
다른 사람이니까요.

늘 심장 쿵쾅대는
첫 면접

: 누구나

처음으로 맞이한 인생,

잘 살고 싶지 않은 사람이 있을까요?

그런데 처음이다 보니 서툴고 늘 긴장되기 마련이죠.

우리는 모두 첫 삶을 삽니다.

그래서 우리에게 놓인 많은 것들은

첫 면접처럼 같을 텐데요,

아무리 철저히 준비를 한 사람도,

의연하고 당당하고 싶어도,

면접관 앞에 서면 떨리는 건 어쩔 수 없습니다.

왜냐하면 붙고 싶다는 진심과 간절함 때문입니다.

〰〰〰〰〰〰 우리는 모두, 참 괜찮은 사람입니다

우리는 모두 첫 삶을 사는 것이기에
우리는 모두 삶에 간절합니다.

쿵쾅쿵쾅.

탈탈 털린 날은
털털하게 웃자

　　　　: 영화를
보면 남는 한 장면이 꼭 있고
뮤지컬을 보면 흥얼거려지는 노래가 꼭 있고,
책을 펼치면 밑줄 가는 한 줄이 꼭 있고,
멜로드라마를 보면 눈물이 핑 도는 대사가 꼭 있는데,

왜?
사람을 만나면 한가지는 꼭 탈탈 털리는지.

그래도
영화나 뮤지컬보다
책이나 드라마보다

사람 때문에

웃을 날이 더 많다는 걸 알면

탈탈 털린 날일지라도

털털하게 웃는 여유가 생길 것 같습니다.

누르개에 깔린
호떡 같은 내 마음

　　　: 누군가
나의 마음을 꾸욱 눌러 호떡처럼 짓눌렀다면
그래도 괜찮다고 말해주세요.

그건,
밟힌 게 아니라
다시 일어나는 모습을 볼 수 있는 좋은 기회라고,
이런 경험도 중요하지 않겠냐, 격려해 주세요.

그리고
앞으로도 힘으로든, 돈으로든
많은 사람이 나를 누를 것이니
마음 근육을 키우라고 나직하게 전해주세요.

　　　　　　~~~~~~~~~~ 우리는 모두, 참 괜찮은 사람입니다

그래서

호떡 옆구리가 터져

달콤한 꿀물이 흐르는 일이 없도록

꿀물을 지킬 힘을 키우라 말하세요.

.

.

.

지금이 바로 기회입니다.

성공과 성취를 향한 우리의 자세

그럴 줄 알았으면 미련 떨지 말걸

'가장 성공한 삶이
무엇이냐 물으신다면'

우리나라 사람이 참 정이 많다고 느끼는 것이
싸우고 난 끝에도 씩씩대며
'잘 먹고 잘 살아라'라고 말한다는 것입니다.
비록 날이 선 말투지만 등을 지는 사람에게도
생계에 걱정을 담은 덕담을 한다니 그야말로
정이 많은 민족이 아닐 수 없습니다.

그만큼 잘 먹고 잘사는 문제는 중요합니다.
생각해 보면 우리가 성공을 향해 달리는 것 또한
잘 먹고 잘살고 싶은
아주 솔직하고도 단순하고 바람 때문입니다.
그리고 이것의 토대가 단단해져야

'어떻게 살 것인가?'라는 삶의 물음을 마주하게 됩니다.

사회의 변화에 따라 우리의 삶의 질이 바뀐 요즘,
성공과 성취를 단순히 부와 명예로 연결 지었던
과거와는 달리 이제는, 보다 입체적으로 삶을 누리기 위해
이제까지 가장 멀리 밀어두었던 행복이라는 단어를
이제야 가까이 두고 고민하기 시작했습니다.

이런 우리의 노력이 바로
오늘을 살고 지금에 집중하는 태도의 변화로
개인이 가진 행복 권리에 대해 소리를 높여,
삶 전체에 행복을 심으려 노력하고 있습니다.

재미없는 나이란 없고, 행복하지 않은 시절은 없습니다.
아이는 아이라서 행복하고
어른은 어른이라서 행복할 수 있습니다.
그런데
아이가 행복을 성인이 될 때로 미루고
어른이 행복을 유년 시절에서 더듬으려 하면

우리에게 행복한 시절은 없게 됩니다.

그러니 삶에 재미와 행복을 느끼지 못하는 것은
나이와 시절, 시간의 문제가 아닌, 내 문제입니다.
그때 주어진 것을 충분히 느끼는 것이
바로 삶의 성공이고, 성취인데 우리는 그것을 모른 채
오늘을 버리고 내일의 파랑새만 쫓고 있습니다.
우리의 성공과 성취는 앞으로 10년 후가 아니라,
바로 오늘, 입니다.

성공과 성취의 핵심은,
내가 나를 인정하고, 내가 나를 귀하게 여기고
시간을 버리지 않는 데서 출발합니다.
시간을 버린 사람들은, '옛날에'를 장황하게 늘어놓고
시간을 즐기는 사람은 '재밌다'라고 단순하게 말합니다.

당장이라도 행복해지고 싶다고 말하면서도,
행복을 갈구하고 노래하면서도,
젊을 때는 삶에 막막함과 걱정으로 살고

나이가 들어서는 젊을 때 못했던 것을
후회로 살아서는 안 됩니다.

걱정과 후회로 인생의 대부분을 보내니
행복이 낄 자리가 있을까, 싶습니다.
행복도 자리를 내어줄 때 생기는데, 말이죠.

단순하게 생각하시길 바랍니다.
우리가 생각하고 있는 돈과 명예와 같이
타인이 알아주는 성공을 하고 싶다면
수많은 장애물을 만나고 뛰어넘을 것을 각오하고
애쓰고 노력하고 안간힘을 써야 하고,

내 안에서 충분히 느끼고 즐기면서 맛보는
오감 충족을 성공과 성취로 삼고 싶다면
나, 한 사람과 친해지면 됩니다.

성공과 성취, 모두 자기중심에 있습니다.
돈을 벌어도 한쪽 구석이 텅 빈 듯 공허하고

명예가 올라가도 빈껍데기처럼 느껴진다면,
그것은 진짜로 내가 원하는 것이 아닙니다.

성공과 성취의 진짜 얼굴은,
내가 가진 것을 인정하고 나이를 즐기고
나에게 주어진 시간을 느끼는 것에 있습니다.

휴지 한 장은 아깝다고 말하면서
왜 나이와 시간은 아깝지 않은가요?

실패의 재해석

　　　　　: 내가
원하는 대로 태어나지 않았고,
내 바람대로 환경이 따라주지 않았고,
내 의사와는 상관없이 놓인 조건에 놓였다면,
나의 인생은 이미 실패에서 시작한 것입니다.

타인과의 관계 속에서 내 마음대로 되는 것이 없고,
내가 꾼 꿈 앞에 장애물이 놓여 꿈을 이루지 못했고,
내가 원하는 것마다 반대 방향으로 이끌려 갔다면,
나는 실패가 무엇인지 안 것입니다.

실패를 시작으로 실패를 경험하고 사는데
더한 실패가 어딨으며 무엇이 겁나겠습니까?
그러니 다 괜찮은 것입니다.

그러면서도 성공을 꿈꾸며 넘어진 자리를 털고 일어나
다시 시작하고 있다면,

지금 나는,
성공하는 삶을 살고 있는 것입니다.

삶의 경험은 진행형

: 경험을
받아들이는 두 가지 방법 중
하나는, 나를 성장하는 자양분으로 삼는 것이고
다른 하나는, 후회하는 것입니다.

성장과 후회 모두
나의 경험이라는 뿌리에서 갈라집니다.
그리고 같은 뿌리에서 나온
두 개의 가지가 뻗어 나와 제멋대로 자랍니다.

그런데도 이것을 섣불리
가지치기하지 말라고 조언하는 것은,
아직 열매가 무엇인지 모르기 때문입니다.

지금은 잘 뻗어나가고 있는 가지일지라도
오만에 갇히면 썩어버릴 수 있고,
지금은 비록 후회스러워 감추고 싶은 비뚤어진 가지라도
성찰을 만나면 다시 자리를 찾아 뻗어갈 수 있습니다.

삶의 모든 경험은 아직,
끝나지 않은 진행형입니다.

내게 당연한 것도,
누군가에게는 특별한 어느 것

: 쓰레기

분리 수거장에 폐기물 스티커가 붙은 물건 중에는
멀쩡한 물건도 많고, 마침 필요한 것을 보면
'심 봤다'가 절로 나올 만큼 기분도 좋습니다.
가져와 세척을 하고 나니
이만한 걸 왜 버렸나 싶은 마음마저 올라옵니다.

그런데 물건만 그럴까요?

사람은 저마다 가지고 태어나는 것이 다 다르고
이것이 바로 타인과 구별되는 나, 입니다.
그런데도 나를 향해 한없이 부정하는 사람들은
내가 가진 것이 무엇인지 잘 모르고

나를 쓰레기 분류함에 함부로 버립니다.

아무리 봐도 너무 멀쩡하고 누가 보아도 괜찮은데도
나에게 불필요한 쓰레기니 버릴 수밖에요.

그런데 버리기 전에 한 번만 더 읽어볼 것이 있습니다.
바로, 〈나 사용 설명서〉, 입니다.

마음을 벽에 걸어두고
나가버린 아침

　　　　: 허겁지겁 일어나
허둥지둥 세수하고
손에 닿는 대로 가방에 쓸어 담고는
현관문을 나서자마자 뛰었습니다.

가장 필요한,
마음을 벽에 걸어둔 채.

아, 어떡하죠?

: 사람은 누구나 이기적인 존재입니다.
어릴 때는 갖고 놀던 장난감만 빼앗겨도 눈물이 나고
친한 친구 사이를 비집고 들어오는 뉴페이스를 질투하고
먹고 있던 아이스크림을 '한 입만' 하고 베어 물고
훌쩍 가버리면 친구의 등마저 얄밉게 느껴집니다.

그런 이기적인 존재와 존재가 만난 곳이 사회이니
얼마나 치열하고 또 치열하겠어요.

그럴 때 필요한 것이 깜빡이라는 타협이니
이기적인 사이에서 일어나는 무질서를 잡기 위해서,

'저기요, 깜빡이 좀 켜고 들어 옵시다!'

후회 적립 통장

: 살면서
'그때 할걸'이라는 후회가 한 번씩은 있을 것입니다.

사람들은 말합니다.
시간을 되돌린다면 그때 그것을 꼭 했을 거라고요.

여기서 질문 있습니다!
그럼,
'지금 안 하는 것은, 언제를 위한 적립인가요?'

교육개혁의 필요성

: 어렸을 때는
정해진 정답만이 동그라미를 받지만,
사회는 모든 답이 동그라미가 될 수도 있고
모든 답이 엑스가 될 수 있습니다.

우등생을 놓친 적 없는 아이도
열등한 어른이 될 수 있고,
'커서 뭐가 될래?'라는 말을 듣던 아이가
커서 존경받는 어른이 되니 혼란스럽습니다.

답이 너무 없어서,
또한 답이 너무 많아서 어지러운 세상입니다.

차라리 어렸을 때처럼 문제와 정답이 있었으면 좋겠지만
교과서에서는 없는 문제가 훨씬 많은 것이 사회이기에
스스로 알아서 터득해 나가야 하는데
문제는, 배운 적이 없다는 것입니다.

분명! 교육개혁이 필요합니다!!
초등학교 6년 중학교 3년 고등학교 3년,
도합 12년 중에서
사회교육 시간을 반 이상은 넣어야 합니다!!

첫 단추를 잘못 끼우고
알게 된 멋스러움

: 예전 같으면
복장이 단정치 않다고 야단맞을 일이겠지만
요즘 시대에 단추 하나쯤 밀린 언밸런스 옷은
누구나 한 벌쯤은 가지고 있는 일상복입니다.

유튜브에서 '먹방'이 처음 나왔다는 말에
먹는 것으로 방송을 한다고? 하는 의구심부터 들었는데
요즘은 먹지 않으면 방송이 안 될 만큼
음식 방송이 넘치는가 하면,
심지어 보통 사람의 기준으로 볼 때
과식하는 먹방 유튜버들이 사랑받는 시대입니다.

누군가는 세상이 변했다고 하겠지만
그 누군가의 시선으로 세상을 보면
그저 잘 흘러가고 있을 뿐입니다.
그것도 멋스럽게, 말이죠.

막다른 길 끝에
바로 내 길이 있다

　　　　: 더는 못해
하고 생각하는 순간 덜컥 잘되는 경우가 있습니다.
분명 빛 한 점 들 것 같지 않았는데
볕 소나기가 내리다니! 이게 뭔가? 싶을 텐데요,
비밀은 '더는 못해'라는 말 안에 있습니다.

더는 못한다는 말은,
할 수 있는 모든 방법을 써서
더는 할 수 없다, 는 '포기'의 진정한 뜻입니다.

그런데 우리는 포기라는 참 근사한 말을
하기도 전에, 혹은 조금 하고 나서
툭 뱉어버리기 때문에 결코,

　　　　〰〰〰〰〰〰 우리는 모두, 참 괜찮은 사람입니다

아무나 할 수 없는 말임에도 불구하고
누구나 할 수 있는 말로 오해받고 있습니다.

길을 세심하게 가본 사람은
수많은 반복과 수련을 통해서
길을 만드는 방법을 터득하게 되고
길의 속성을 깨달아 전문가가 됩니다.

포기라는 말은 이때 하는 것입니다.
그래야 모자라는 힘을 하늘이 보탭니다.

내가 할 것을 다 하고 하늘에 맡겨야지,
해야 할 것을 하지도 않고 하늘만 바라보면
.
.
.
보이는 건
하늘뿐, 입니다.

작심, 3일

: '하나님
이번만 넘기게 해주시면 다음번에는 꼭 노력하겠습니다'

우리가 피노키오처럼 거짓말을 할 때마다 코가 커진다면
아마도 수많은 사람의 코가 길쭉했을 겁니다.

노력은 노력을 해본 사람만이 할 수 있습니다.
노력의 이론적 방법은 크게 힘들지 않습니다.
그저 반복만 하면 됩니다.
그런데 이론에서 실천으로 넘어가면
여간 어려운 게 아닙니다.

'강남 영어 학원 6시 30분 새벽반'

멋진 목표를 세웠지만 당장,

침대에서 일어나는 것부터가 고통스러운 노력입니다.

하루 이틀 사흘이 지나면,

처음에 받은 동기부여의 감정은 무뎌지고

호기롭게 세운 목표는 흐릿해집니다.

어쩌면 우리가 가장 많이 한 노력은

작심 3일, 아닐까요?

행운을 잡는 것도
연습이 필요해

　　　: 인생에서
3번의 행운이 온다는 말이 있습니다.
간혹 연예인들이 연기 준비가 되지 않은 채
길거리만 걸었는데 캐스팅이 되었다는 말을 들으면
행운은 진짜 있는 것도 같고,
거기에 오래전부터 내려온 운칠기삼을 더하면
힘이 생기기도 하고 빠지기도 합니다.

일단 힘이 생기는 것은,
뜻밖의 행운이 나에게도 올 수 있다는 희망에서고,
힘이 빠지는 것은,
열심히 쌓은 것이 수포가 될 수 있다는 확률 때문입니다.

～～～～～～ 우리는 모두, 참 괜찮은 사람입니다

그런데 몇 번을 되뇌다 보니 묘한 허점이 보이는데
그건 바로 노력이 앞에 놓이느냐 뒤에 놓이느냐, 입니다.

그 어떤 일도 한 번의 행운으로 삶이 연결되지는 않습니다.
용모가 출중해 캐스팅되었다 하더라도
연기의 노력이 없으면 다시 길거리로 돌아가야 하고,
설사 원하는 것이 수포가 되었다 하더라도
노력을 연습한 것으로 언젠가는 다른 길에서
빛을 발휘할 날이 올 것입니다.

그러니
3번의 행운도, 운칠기삼도
노력 없이는 유지될 수 없습니다.

시대의 지혜
N: 잡러

      : 요즘
자신을 N잡러라고 소개하는 이들을 종종 보게 되는데,

N잡러는
두 개 이상의 직업을 가진 사람에게 일컫는 신조어로
열두 가지 재주 가진 놈이 저녁거리가 간데없다는 속담을
가슴에 새긴 세대에게는 꽤나 충격적일 것입니다.

실상 고물가에 취업난까지 겪는 시대적 상황으로 보면,
N잡러는 마음 아프게 다가오는 시대적 출현이고
재능으로 보면, 열두 가지 재주를 가진 이들에게는
매력적인 세상이 열린 것이다.

그러니 할 수만 있다면
가지고 있는 컵의 물을 나누어서
경제적인 문제가 되었든 재능이 되었든
할 수 있는 한 최대한 많이 해보시라 권하고 싶습니다.

나무의 줄기가 하나라고
뿌리와 가지가 하나일 순 없듯이
하나의 관심이 다른 분야로 이어지고 연결된다면
내 삶은 더욱 넓어지고,
그 경험의 가치는 또한 나의 깊은 뿌리로 향하니
관심을 다양한 가치로 이어 나가길 바랍니다.

뿐인가요,
어디로 튈지 모르고 빠르게 변하는 이 시대에
N잡러는 시대적 대비책이 될 수도 있습니다.

모난 돌이 사랑받는 시대

: 장단점,
이 두 가지를 합한 값이 바로 성격인데
우리는 장점은 좋은 것으로 분류하고
단점을 종양 취급하여 잘라내야 할 것쯤으로 여깁니다.

그래서 고치려고 무던한 애를 쓰지만 애만 쓸 뿐
쉽게 고쳐지지 않는데요, 그건 성격의 본질이
서로 경계 없이 엉켜 있기 때문입니다.

쾌적한 환경을 위해 널브러진 공간을 청소하듯이
성격도 정리 정돈이 필요합니다.
그래서 장점은 인성으로 놔두고
단점은 개성으로 살려 활용하여,
급한 성격은 빨리를 외치는 곳에 배치하고,

느긋한 성격은 천천히 쪽으로 옮기고,

외로움을 타는 성격은 사람 속으로,

혼자가 체질이라면 독립 구조로 이동시키면 됩니다.

지닌 것을 활용하여 발휘할 때

빛이 나는 것이 성격이니

함부로 자르려 들지 마세요.

성격은,

안심 등심으로 나눌 수 있는 고기 부위가 아니니까요.

고래 싸움에 등이 터져본
새우만이 둥근 육을 올린다

        : 그래도
센 놈들 사이에서 놀았네요.
터진 등은 다시 꿰매고
회복 후에는 꼭 헬스를 끊으세요.

지금이 바로,
근육을 올릴 절호의 찬스입니다.

미쳐야 미친다

: 자신이
하는 일에 푹 빠져 즐기는 사람들의 공통점은
타인과 경쟁하여 싸움으로 삶을 낭비하지 않고,
오직 나와 즐기는 것에만 몰두한다는 것입니다.

그것이 매일 기쁨을 주지는 않지만 그래도
그것으로 기쁨을 얻기에 비실비실 웃는 날이 더 많고,

시키는 사람보다는 말리는 사람이 훨씬 더 많지만
외롭거나 의식하거나 힘들지 않고,

돈이 되는 것도 명성이 올라가는 것도 아니지만
그보다 더 큰 가치가 그들 눈에는 보입니다.

흡사

멀리서 누군가 보고 있다면 꼭 미친 것 같지만

그는 자신이 원하는 곳을 향해

오르고 도달하고 있는 것입니다.

그리고 한 가지 더!

'미쳐서, 미친 사람들'이 만든 곳이 바로,

변화이고 세상이랍니다.

거울을 웃겨주는 내가 되자

        : 거울을 보고 내가
성공을 외치면 거울도 성공을 외치고,
빨리를 외치면 거울도 빨리를 외치고,
경쟁을 외치면 거울도 경쟁을 외치고,
싸워를 외치면 거울도 싸워를 외치고,
힘들어를 외치면 거울도 힘들다고 외칩니다.

성공을 향해 빨리를 외치며
경쟁하고 싸우느라 힘든 나에게
아침 점심 저녁, 하루에 꼭! 세 번은 웃어주세요.

거울은 결코,
내가 웃지 않으면 나에게 웃어주지 않으니까요.

사랑에 대한 우리의 자세

사랑은 결코 상처 주지 않습니다

'사랑은, 신이 우리에게 선물한
가장 잔인하고도 아름다운 선물이다.'

사랑은

존재를 아끼고 귀하게 여기는 마음이기에

주는 마음도, 받는 마음도 모두에게

편안한 안정감과 깊은 행복감을 줍니다.

또한 사랑은

삶의 묵직한 뿌리가 되어

나와 너를 연결하여 '우리'를 틔우고

국경을 초월하여 '인류애'를 뻗게 하고

사람과 자연이 함께하는 공존의 열매를 맺게 합니다.

이렇게 신에게 받은 최고의 선물인 사랑은

우리의 탄생에서 죽음에 이르기까지
따스한 감정을 유지하는 온돌이 되어
삶 전체를 풍성하고 윤택하게 만들고
생의 전반에 걸쳐 빛과 소금이 되어줍니다.

그래서인지 사랑은
동서고금을 막론하고 삶의 핵심으로 자리하여
다양하고 층층으로 쌓인 삶의 화두 중에
단연 1등을 차지하는 것은 물론
이를 겪어나가면서 어떠한 형태로든
성장하고 성숙한 인간으로 거듭나게 합니다.

하지만 사랑이 가진 힘이 큰 만큼
조금의 양만 모자라도 결핍을 느끼게 하고
조금의 흠집에도 상처와 마주하게 되고
조금의 아픔으로도 씻지 못할 타격을 입기도 합니다.

사랑에서 우리가 지켜야 할 것은 균형과 조화입니다.
한쪽으로 기울어진 사랑은

누군가 감당해야 할 몫이 너무 크고,
때로는 받고 싶지 않은 사랑에 고통받는다면
그건 사랑이 아니라고 말할 결단력도 필요합니다.

사랑은 너무도 예민하기에
시소의 양 끝에 앉는 두 사람의 끊임없는 노력으로
부족한 사랑은 채움으로, 넘치는 사랑은 비움으로
계속해서 무게감을 맞추어야 합니다.

사랑을 오해하지 않길 바랍니다.
사랑은 느끼는 것이 아니라 책임지는 것이며,
가볍게 소비되는 것이라 단단하게 축적되어야 하기에,
사랑의 가진 무게와 성숙한 진지함을 갖기를 바랍니다.

우리는 모두, 참 괜찮은 사람입니다

타인의 모국어를 알아가는 시간, 사랑

: 당최
말이 통하지 않아 답답하다는 연인(부부)이 있습니다.
그것은 각자의 모국어가 달라서인데요,
'같은 나라말을 쓰고 있는데 언어가 다르다니?' 싶겠지만,
우리는 태어나고 자란, 나의 환경에서 배우고 습득한
저마다의 고유의 뿌리 언어인 모국어가 있습니다.

이를 이해하지 못하면
같은 나라말이 소통, 그 자체로 여겨질 텐데요,
사실은 아무리 잘 맞는 사람과도
처음부터 소통으로 시작하는 것이 아니라
나와 다른 언어를 가진 사람과 불통을 시작으로
서로 다른 말의 차이를 좁히면서
소통으로 연결되고 이어지는 것입니다.

더욱이 사랑하는 관계에서 오가는

매우 특별한 언어의 결은

섬세하고 예민할 뿐 아니라

깊숙한 정서를 나누고 교류함에 따라

대화의 난이도가 그 어떤 언어보다도 매우 높습니다.

그런데도 같은 한국말을 쓴다는 가벼운 오해로

자기 언어에 집중하여 말한다면 그건,

상대에게는 어려운 외국어나 다름없으니

서로의 언어가 통하지 않음을

갈등으로 가져가기보다는 다름으로 인정하여

내가 아닌 상대의 언어에 귀 기울여 보시길 바랍니다.

사랑은,

언어의 품격이 차곡차곡 쌓일 때 가장 아름답습니다.

나를 가장 많이
알려준 그, 때

       : 미숙한 사랑을
하는 사람은 상대를 보는 것 같아도
사랑이라는 거울을 통해 자신을 더 많이 드러냅니다.

누군가를 '내 편'으로 만들었다는 안정감이 들라치면
두근거림의 특별한 감정에서 썼던 가면을 벗어 던지고
연인에서 직장 상사로 돌변하여 갑을 관계를 맺는데요,

그, 때
자청했던 힐러의 모습은 어디 가고 감정 문맹자가 되고,
오직 자신의 감정만을 앞세워 우월한 위치에 올려놓고,
두 사람이 함께해야 할 공용공간을 혼자 차지해서
급기야 악덕 업주가 되어 자릿세를 내라 윽박지르다가

결국,

견디지 못하고 떠나는 상대의 등을 향해

마지막에는 자신을 남기고 떠났다고 원망합니다.

사랑에도 단계가 있습니다.

그런데도 여전히 첫 단계에서 벗어나지 못했다면

한 번쯤은 다음 단계로 넘어가지 못하는 나를 돌아보세요.

또다시 가슴 뛰는 누군가를 만나면

언제든 다른 사람이 될 수 있다고 자신하겠지만

아니요, 내가 나를 속이고 내가 나에게 속은 겁니다.

가장 쉽게 이길 수 있는 상대는 언제나

타인이 아닌, 나이며

그걸 가장 빠르게 비춰주는 거울이

바로 사랑이니,

사랑이란 거울에 자신을 비춰보세요.

바위로 계란 치기

　　　　: 계란으로
바위를 쳐서 기적적으로 성공한 사랑을
바위로 계란을 내리치는 실수는 하지 마세요.

제아무리 정교하게 쌓은 공든 탑도
개미구멍에 무너집니다.

사랑은,
얻는 것이 어려운 것이 아니라
유지하는 것이 어려운 것입니다.

아버지를 버리고 어머니를
잊고 만나야 한다

             : '우리 엄마 아빠가 그러는데'
'책에 이런 말이 있는데'
아이는 부모의 생각을 이입하여 말을 하고
학생은 책의 구절을 들어 논리를 전달합니다.

아이와 학생이 인용으로 생각을 전달하는 것은
나보다 나은 사람과 이론을 통해
부족을 보충하고 다듬고자 하는 마음에서입니다.

우리는 성장을 통해 정신적 자립을 하고
생계적 자립을 통해 완전한 독립을 합니다.
그리고 성인이 되어 사랑하고 미래를 꿈꾸는
누군가를 만났을 때는 아이와 학생에서 벗어나

부모와 책 속의, 타인으로부터 일어난 생각이 아닌
나로부터 일어나는 이해와 존중으로 다가가야 합니다.

사랑에서 실패의 요인 중의 하나가
바로 자신의 부모님과 자란 환경에서 벗어나지 못하고
심지어 자기 뿌리가 가장 최고라고 생각하기 때문입니다.

그러나 사랑은 서로의 공감을 쌓아
둘만의 세상을 만드는 블록과 같은 것이기에
누구 한 사람의 경험을 고집하며 억지로 끼우려 하면
절대로 맞출 수 없습니다.

사랑이란 블록은 내가 가진 것, 하나와
상대가 가진 것, 하나씩을 번갈아 가며 꿰맞추어야,
완성됩니다.
.
.
.
너 하나, 나 하나.
나 하나, 너 하나.

남은 아픔은
나의 몫

: 사랑이 끝났다는
말처럼 아픈 말이 또 있을까 싶습니다.

수명이 다해버리고 깨져버린 사랑 뒤에는
힘이 다 빠져 버린 지쳐버린 몸과
한 칸도 남지 않은 방전된 마음과
치우고 닦아내어야 할 기억뿐입니다.

세상을 다 가진 것 같은
특별하고 숭고한 경험이 끝난 뒤에
세상을 다 잃어버린 것 같은 상처는
피할 수 없는 사랑의 흔적인가 봅니다.

많고 많은 사람 중에 단 한 사람이 없어진 건데도
많고 많은 사람 중에 단 한 사람이 필요하다는걸,
깨닫게 한 사랑은,
그 시절 나의 중심이 그 사람이었고
시절 인연 중에 가장 최고였음을 느끼게 합니다.

그러니 어쩔 수 있나요?
이토록 큰 기억을 남기고 간 자리를 지워야 하는 건
나에게 남은 몫인걸요.

몇 달이 걸린대도, 몇 년이 걸린대도
쓸고 닦고 치워야 할 것들은
나의 몫으로 남긴 사랑의 흔적입니다.

쓱싹쓱싹.

최선을 다한 후에
돌아온 성장

: 사랑할 때

최선을 다한 사람은 이별을 두려워하지 않습니다.
그건, 사랑의 목표는 오직 사랑이기 때문입니다.

사랑은 많은 것을 우리에게 선물합니다.

시작에는 두근거리는 설렘을,
과정에는 세상의 존재하는 모든 감정을,
끝이 나면 더 이상 볼 수 없다는 그리움을.
그리고 시간이 흘러서는 선명한 추억을.
너무도 많은 것을 선물하고 또 선물합니다.

우리는 사랑으로

누군가를 만나고 떠나보내는 삶의 첫 경험을 하며,

이러한 경험을 통해 또한 삶을 배우는 것입니다.

그러니 새로운 사랑을 맞이하는 모든 분은

상처로 새기지 말고 성장으로 채우길 바랍니다.

그럼,

떠나는 사랑에는 '행복하라'는 안녕이 가볍고

다가오는 사랑에는 '행복하자'는 인사가 반가울 것입니다.

그래서 '안녕'이라는 말은

문장 부호만 다를 뿐,

첫인사도 끝인사도 같습니다.

.

.

.

안녕( )

사랑에 대한 아주 흔한 오해

: 사랑을 오해하는 사람은
사랑이 허락이 아닌 소유로 착각합니다.

아무리 좋은 선물이라도 받는 이의 마음에 들지 않으면
고가라 하더라도 그건 선물이 아닙니다.
아무리 열심히 고른 선물이라도 받는 사람이 거절하면
그건 나를 위한 기쁨이지, 상대를 향한 배려가 아닙니다.

사랑이 그렇습니다.
사랑은 서로 다른 분명한 취향의 가진 두 사람이 만나
서로의 다름을 인정하고 존중하는 마음이 먼저입니다.
그렇지 않으면 기쁘게 준비한 선물은 언제나
상대에게는 짐이 되고, 나는 상처로 되돌아와
사랑의 온도를 낮추고 시간을 단축합니다.

그런데도 사랑을 오해하는 사람은
선물이 곧 자신이라는 생각에 사로잡혀
상대가 가진 거절의 선택과 자유를
자신을 향한 공격으로 생각합니다.

그 어디에도 사랑을,
누군가 한 사람에게
소유해도 괜찮다고 허락한 적이 없습니다.

사랑이라는 말은,
두 사람이라는 단수가 아닌, 분명한 복수로
한 사람의 소유로는 이루어지지 않습니다.

인연의 작은 실을
족쇄로 만들지 말라

      : 하나는
상대가 채우려는 족쇄를 허락해서도 안 되며
또 하나는 스스로 족쇄를 차서도 안 됩니다.

우리는 사랑 앞에서 너무도 많이 허용하고 허락합니다.
그건, 사랑받지 못하고, 사랑하는 방법을 배우지 못한
기회의 결핍 때문입니다.

'나는 왜 그런 사람만 만날까?' 하는
소위 '쓰레기 컬렉터'를 자칭하는 사람이 있습니다.
그래서 늘어놓는 하소연을 듣다보면
문제는,

~~~~~~~~~~ 우리는 모두, 참 괜찮은 사람입니다

상대가 아니라 허용과 허락에 지나치게 관대한
당사자에게 있다는 것을 알게 되고,
더 큰 문제는 지나친 허용과 허락으로 다음 사랑도
지금과 크게 다르지 않을 확률이 높다는 것입니다.

잘 지킨 구성법이 좋은 이야기를 만들듯이
사랑에도 지켜야 하는 사랑법 있으니
사랑에 뛰어들기 전에 먼저 살피시길 바랍니다.

누굴 위해서?
앞으로도 많은 사랑에 빠질 나를 위해서.

죽을 만큼 아픈 후에는

: 고맙다고 말하면 됩니다.
죽을 만큼 아픈 덕분에 면역력이 생겼으니
앞으로 이만한 거로는 아플 일이 없을 테니까요.

그는 앞으로 남은 당신의 생명을 살려주신 분입니다.
그러니 나를 아프게 한 사람에게 이렇게 말하세요,

'참 고맙습니다'라고.

갈게의 답,
'응 잘 가'

　　　　　:쿨하고
나이스하게 보내줘야 합니다.

떠나는 사람은 떠날 이유가 있어 떠나는 것입니다.
그것을 내 문제로 가져와 끌어안고 집착하지 마세요.
그럼 내 안에서 열등감이라는 싹이 자랍니다.

혼자가 된다는 생각에 미리 걱정하고 슬퍼 마세요.
그럼, 미련이 달라붙어 끝이라는 선이 흐려집니다.

이것이 마지막이라는 두려움을 갖지 마세요.
끝을 막고 버티면 시작은 절대 올 수 없습니다.

다음에도 이럴까 봐 겁내고 주저하지 마세요.
지나간 사람과 다가올 사람은 엄연히 다른 사람입니다.

상처받을까 봐 물러나고 피하지 마세요.
복권은 긁어야 결과를 알고 사람은 만나봐야 압니다.

자라 보고 놀란 가슴 솥뚜껑 보고 놀란다면
병원으로 달려가세요.
지난 일과 지금은 분명 다르니까요.

떠난 사람을 오래 붙잡고 생각하지 마세요.
뒤에 오는 사랑을 알아보지 못하니까요.
.
.
.
우리가 잊어야 할 건
사람이 아니라
그 사람을 향했던 감정입니다.

좋은 사람이었을 거란
일반적인 착각

     : 나를 버리고 간 사람에게
'떠났지만 그래도 좋은 사람일 거야'라는 생각은,
그 사람을 향하는 것이 아니라
그러고 싶은 내 마음에서 나온 넋두리입니다.

나를 떠난 사람이 무엇을 할지는 그 사람만 압니다.
하지만 우리는, 나라는 존재를 가능한 오래 기억하고
괜찮은 사람으로 길게 추억되길 바라고
나보다 나은 사람이 없을 거라고 혼자 착각합니다.

이런 생각이 왜 일어나냐고요?
내가 살려고 나를 살리는 생각을 하는 것이,
사람이니까요.

누군가가 나에게 시간을 떼어준다면

       : 사람과 사람 사이에
가장 강력한 친밀의 접착제가 바로, '시간'입니다.
맛있는 음식을 사이에 두고도
따끈한 커피를 사이에 두고도
그들이 나누는 것은 음식과 음료가 아닌,
'시간'입니다.

시간을 한번 되돌려 볼까요?
떨리는 마음으로 전화를 겁니다.
약속이 잡히면 거울 앞에서 단장하고.
버스나 지하철을 타고 장소로 이동해서.
볕 좋은 자리를 잡고는 기분 좋게 기다립니다.
문득 차림새를 검사할 마음에

화장실로 뛰어가 거울도 봤다가,

그사이 도착했으면 어쩌나,

헐레벌떡 나와 주변을 둘러봅니다.

어느새 도착한 그(녀)에게

마실 것을 물어 주문대로 가서 음료를 시키고

나온 음료를 들고 와 그(녀) 앞에 조심 놓아줍니다.

너무 설레어 시간 가는 줄 모르고 지나치지만

모든 게 그(녀)를 위해 쓴 시간입니다.

그러니 누군가 당신에게 시간을 쓰는지,

내가 누군가에게 시간을 쓰는지,

한 번쯤 살펴보세요.

조각 케익 같은 시간,
함께 나눠 먹은 너

　　　　　: 그것이면 됐습니다.
평생,
사랑을 얻지 못할까 봐 전전긍긍하는 사람도 있고,
내 짝을 찾아 사랑을 찾아다니는 사람도 있고,
사랑을 얻고도 두려워 도망치는 사람도 있고,
사랑하고도 사랑인지 모르는 사람도 있는데
달콤한 조각 케익 같은 시간을 함께 나눴다면
그걸로 됐습니다.

두려움의 반대말은 용기가 아닌 사랑입니다.
사랑은 관계의 시작이며
행복의 뿌리이며
관계를 연결해 주는 힘이기에

한 조각이었다 해도,
그것이면 됐습니다.

이렇게 경험한 작은 조각으로
이제부터 나를 맞춰 갈 수 있습니다.

.

.

.

.

.

.

그것이면 됐습니다.

사랑은 동화의 결말부터

: 로미오와 줄리엣이
결혼했더라도 행복했을까요?

첫눈에 반하고,
사랑에 빠져 눈이 멀고,
둘을 위해 존재하는 세상을 향해
자신이 가진 모든 걸 미련 없이 버리고
오직 사랑을 향해 죽음으로 달리고 달린!
로미오와 줄리엣, 이라 하더라도
글쎄요, 영원한 사랑은 장담 못 했을 겁니다.

사랑은,
시작은 쉬우나 마침표를 찍는다는 건
절대 쉬운 일이 아닙니다.

사랑에 빠지는 시간은 불과 몇 초에 지나지 않지만
시간이 지나고 지날수록 빛을 잃어버리기에
사랑의 긴 여행을 하는 동안
사랑을 방해하는 장애물과 함께 싸우고
끊임없이 지키려 노력하지 않으면
가족도 목숨도 버릴 수 있다 맹세했던 사랑이라 하더라도
동화에서나 머무르는 비현실적인 이야기가 됩니다.

이쯤 되니 사랑, 참 어렵네요.
이 어려운 것을 가르치는
학교나 수업이 있다면 얼마나 좋을까요?

향수병과 향수—병

: 다만 사라진 것은
향기인데 향수병에 걸리고 말았습니다.

이럴 줄 알았으면 큼지막한 향수병에 담아 올걸.
다행히 기억에 담겨있는 향이 조금은 남아 있어
운 좋은 날에는 코끝에 스칩니다.
그것도 너무 짧고 어렴풋이요.

요즘은 킁킁, 냄새만 맡고 다닙니다.
혹시라도 향기가 나면 얼른 찾아보려고요.
그런데 시간이 갈수록 향이 자꾸만 흐릿해집니다.

다만 사라진 건 향기인데
향수병에 걸리다니…

사랑의 향이 이토록 진한 줄

지금에야 알았습니다…

삶을 향한 우리의 자세

길 위에서 만난 우리, 그래서 WE:路

'우연이 길에서 만나
함께 걷다가 헤어지는 것처럼'

모든 인연이 깊은 것 같아도 인연은,

길 위에서 스치고 만나고 머무르고 헤어지는

그런 얕음과 깊음이 함께 공존하는 것이 인연입니다.

하루에 만들어진 인연도 깊어질 수 있고

수십 년을 쌓은 인연도 허물어질 수 있습니다.

우리의 삶도 그렇습니다.

늘 똑같은 하루가 펼쳐지지만

우리가 살아야 하는 하루에는

한 번도 같은 하루란 없고,

늘 열심히 살아야 할 것 같지만

그렇지 않다고 해도 삶에도 옳음도 그름도 없습니다.

그런데도 우리는 삶을 너무도 할퀴고 괴롭힙니다.
지나가는 인연을 막아 세우고
다가오는 인연을 받아들이지 못하는 부자연스러움에
늘 타인과의 관계에서 자신을 괴롭히듯이
나와 인연을 맺은 삶도
어제를 받아들이고 오늘을 보내주는 것에 힘겨워하여
나를 괴롭히고 고통 속에 자신을 밀어 넣습니다.

그냥 보내주시면 될 일입니다.
관계도 조금은 헐렁한 것이 여유가 있고
삶의 인연도 단단하기보다는 단순하게 맺어
마음에 빈 공간을 확보하여
꽉 닫힌 창문이 아닌 얇디얇은 커튼으로
들어오는 바람을 막지 말고 환기하시길 바랍니다.

삶과 나는 우연히 만났지만,
인연의 인과를 따질 필요 없이 우리는 함께 해야 합니다.
그래서 더욱더 삶에서 일어나는
고통과 괴로움을 제거할 수 있는 대로

삶을 향한 우리의 자세 ～～～～～～

최선을 다해 줄이고 없애는 연습을 통해
마음의 빈 공간을 확보하고 단순함을 유지하여
숨이 가벼워지고 보다 더 유연하도록 도와야 합니다,

엄마의 자궁에서 안락하고 안정된 열 달을 지낸 후
세상 밖으로 백 년이라는 긴 시간에 내몰린 우리는
지붕도 처마도 없는 찬바람 가득한 한데를 벗어나
온기가 있는 온돌을 스스로 찾아야 합니다.

이런 이유로 나라는 존재를
이 땅에 뿌리를 단단히 박는 것을 시작으로
온전한 아름드리나무로 성장시키기 위해
어린 시절에는 가족과 사회가 나를 도왔듯이
성장 후에는 내가 나를 도와야 합니다.
그러기 위해서는 삶에서 일어나는
나와의 수많은 감정의 인연을 길게 보고
숨이 차오를 정도로 맹렬히 질주하기보다는
산책 삼아 걷는 연습을 해야 합니다.

삶을 살아야 하는 우리에게

어디서 왔는가? 라는 질문은 중요치 않습니다.

생존을 시작으로 이 세상을 살아야 하는 우리에게는

어떻게 살 것인가? 라는 질문이 더 중요합니다.

그래서 '왜?'라는 근본적일 수 있으나

설명하기 어려운 복잡한 질문을 걷어내고

'어떻게?'라는 실질적이고 효율적인 질문 앞에

고민하고 해결하기 위해 노력해야 합니다.

그래야 우리의 삶에 피가 다시 흐르고

살이 올라 윤택한 생기가 흐르게 됩니다.

삶은 그저 순간이며 찰나의 연속입니다.

즉, 생의 한 장 한 장, 낱장이 건강하고 아름다울 때

연결되는 삶의 의미와 가치가 살아나고 피어나기에

우연이 길에서 만나 함께 걷다가 헤어지는 것처럼

늘 지금, 여기에 머물러 즐기시길 바랍니다.

어제의 삶을 지나 오늘의 삶을 맞이하고,

오늘의 삶을 지나 내일을 맞을 수 있도록.

인생의 길잡이 별은
바로 지금

　　　　　: 문득

나는 누구인가? 라는 질문이 올라올 때가 있습니다.

실상 밀착된 일상을 살다 보면, 삶에 쫓겨

내가 누구인지, 어떻게 살고 있는지에 관한 질문은

치이고 밀려 늘 다음으로 넘기게 되는데요,

그러다 삶에서 어떤 강한 충돌이나 문제가 생겼을 때

나에 관한 질문이 훅, 치고 들어올 때가 있습니다.

예컨대 믿었던 사람에게 배신당했거나,

자신의 실수로 소중한 사람을 잃었다거나,

현재에 닥친 상황을 해결하지 못하고 주저할 때 등,

살면서 피할 수 없는 문제 말입니다.

이럴 때는 도로에 놓인 이정표처럼
삶에도 길잡이 별이 있었으면 하고 바라게 되는데요,
그런데 이왕 멈춘 김에 이거 하나 생각해 보면 어떨까요?
우리가 겪은 모든 일과, 그 안에서 일어나는 모든 감정은,
그럴만한 일이 있었고, 앞으로 일어나는 일에
길잡이 별이 돼주고 있구나, 하고 말이죠.

지금은,
내가 걸어 온 흔적과
앞으로 가야 할 길을 살피는 '한 점'이니
이를 길잡이 삼아 삶의 방향을 잘 살피시길 바랍니다.

행복을 말하기 전에
원하는 게 무엇인지 알아야 한다

: 사실
행복의 얼굴을 모른다는 건
행복이 무엇인지 몰라서가 아니라,
어떤 것을 원하는지,
나의 'want'가 없기 때문입니다.

그러기에 행복하길 바란다면
내가 원하는 것이 무엇인지부터
명확하게 찾으시길 바랍니다.

행복은,
자신이 원하는 것이 확실하면 할수록
형체와 얼굴이 선명하게 나타나고

정확히 물을 때 명쾌한 답을 주기에
'어쨌든 행복하게 해주세요'라는
모호하고 아리송한 질문은 하지 마세요.

이건,
고성능 A.I도 못 알아듣습니다.

다만 돌아가는 것일 뿐

: 우리

마음 안에는 수많은 문이 있습니다.

그리고 그 수많은 문을 하나씩 열 때마다

우리의 인생이 그 어느 쪽으로든 펼쳐지고

펼쳐진 인생 앞에서 또 다른 문을 만나게 되는데요,

이렇게 말하고 보니

마치 삶은 불확실하며, 불확실한 삶이

어디인지도 모를 곳으로 나를 이끈다, 생각되겠지만

실상, 우리 안에 있는 마음의 문은

이미 내가 만든 문, 이기에

내가 삶에 이끌리는 것이 아니라,

삶을 내가 이끌고 나가는 것입니다.

그런데 이 문이 반드시 직통으로 연결돼 있지 않아서

때로는 지나온 문을 다시 열고 들어가
전혀 다른 문을 열고 나오는,
네 맞습니다. 돌아가는 일도 생깁니다.

하지만 걱정하지 마세요.
우리는 당장의 이익에 손해를 가는 일이 생겼을 때,
실수로 여겨 나를 자책하고 원망하며
꽤나 부정적으로 생각하는데요,
하지만 세상의 많은 실수가
세상을 바꾸는 예는 너무도 많기에
지금의 기대를 내려놓고
너머의 기다림의 시각을 갖길 바랍니다.

이 세상을 나온 것은 배우기 위함이라는 말처럼
우리는 끝없이 배워야 하며,
배움의 과정에서 한 번 더 깊이 배우는 기회가,
바로 실수이니
잠시 돌아가야 할 때가 있다면 묵묵히 걸어가세요.

시작은 나와 너를 구분하는 데서

: 나와 너는 다르다,
는 말에는 모두가 공감하면서
사람을 위아래로 가르면 발끈합니다.

물론 인간의 존엄, 존재와 존중에서는
사람을 가르거나 나눌 수는 없습니다.
하지만 능력이나 역할을 기준으로 놓고 보면
위와 아래가 분명하게 나타납니다.

사람은 저마다 타고난 것이 다릅니다.
불편한 말이지만 우리는 태어나는 순간
경제적, 환경적으로도 불평등하고,
재능과 능력도 서로 다릅니다.
그리고 이것이 삶의 첫 단추가 되어

역할과 지위가 나뉘기도 하고,
대우나 급여도 달라지기도 합니다.
이렇게 따지면 불평등하고 불편하지만
이를 수용하기보다, 불만을 앞세워
결국 나의 자존감을 떨어뜨리는데
사용하지 마시길 바랍니다.

삶은,
높이고 세우는 것도 있고
너비를 확장하는 일도 있으니
내 삶의 가로와 세로를 잘 사용하여
막연함에서 오는 불만에 휘둘리지 말고,
마주하여 성장하시길 바랍니다.

어른인 지금,
금수저와 흙수저는 이제,
나에게 달려있습니다.

잘난 척이 필요 없는 잘; 남

: 우리의 마음 안에는
사람 위에 섰다는 우월감과
사람 아래 짓눌렸다는 열등감이 있습니다.

어쩌면
하루에도 열두 번도 넘게 고양이와 호랑이를 넘나들며
나보다 낮은 사람과 높은 사람을 본능적으로
구분한 줄 아는 우리는 우월감과 열등감과 사이에서
샌드위치를 자처하는 건 아닌가 싶은데요,
문제는 타인을 향한 이러한 나의 시선이
나도 모르는 사이 나의 점수를 매긴다는 데 있습니다.

돈이 내 삶의 중심 점수이면
나보다 돈이 많은 사람에게는 열등감이 생기고

우리는 모두, 참 괜찮은 사람입니다

명예가 내 삶의 중심 점수이면

나보다 명예가 적은 사람에게는 우월감이 생깁니다.

이러한 잣대로 타인을 보면

점점 세상을 보는 시력이 저하되고

결국 나의 삶과 나의 내면을 멍들게 하니

시선을 타인에서 나에게로 옮기시길 바랍니다.

잘난 척하는 사람의 시선은 타인을 향해있고,

잘난 사람의 시선은 나를 향해있으며

그보다 더 잘난 사람의 시선은 바로

나의 내면을 향해 있습니다.

청바지 속에 숨어 있는 행복

　　　　: 청바지를
즐겨 입는 사람은 압니다,
청바지가 편안하다는 것을.

행복한 사람은 압니다.
행복이 바로 편안함에 온다는 것을.

그러니
사라진 행복은 청바지 속에서 찾아보세요.

가장 소중한 것은,
가장 평범한 옷 속에 있으니까요.

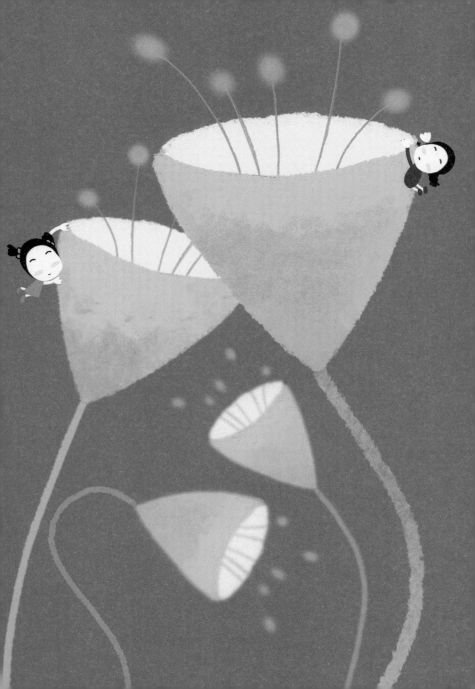

보름달과 초승달

: 보름달은
목적을 두고 차지 않고
초승달도 목적을 두고 비우지 않습니다.

그러나 달 아래 있는 우리는
그게 어떤 목적인지도 모른 채
그저 목적을 위해 채우고 비우고를 반복하여
채워야 할 때 비우고,
비워야 할 때 채우는 실수를 하고,
너무 채워 흘리고
너무 비워 모자란다는 말을 듣습니다.

한 번에 채워지는 일은 없습니다.
그저 하다 보니 채워지는 것이고,

〰〰〰〰〰 우리는 모두, 참 괜찮은 사람입니다

한 번에 이루려 덤비면 질리고 힘들어
그 일이 하기 싫어 그만두게 됩니다.

가끔 고개를 들어 달을 보세요.
그럼,
묵묵히 서서히 채워 보름달이 되고
서서히 묵묵히 비워 초승달이 되는
달에서 배울 것들이 보입니다.

평범하게 살고 싶다, 는 거짓말

　　　: 평범하게
살고 싶다고 말하면서도
절대 평범하지 않게 사는 우리, 입니다.
그래서 사람은 참 묘합니다.

평범한 사람은 경쟁이 필요 없습니다.
그런데도 군화 끈을 질끈 매고 아침에 나가
패잔병처럼 녹초가 되어 돌아온 당신은
이미 평범하지 않은 하루를 살지 않았습니다.

평범한 사람은 뒷담화가 필요하지 않습니다.
그런데도 카페나 술집에 앉아
나보다는 남을 디저트와 안주 삼아 말한 당신은
평범한 대화를 나눈 게 아닙니다.

　　　　　〰〰〰〰〰 우리는 모두, 참 괜찮은 사람입니다

평범한 사람은 시기나 질투하지 않습니다.
그런데도 누군가의 말과 행동을 거슬려 하고
누군가의 단점을 파내어 지적했다면
이미 평범한 관계를 맺은 것이 아닙니다.

평범한 사람은 부러움을 갖지 않습니다.
그런데도 괜히 남과 나를 비교하고
나에게 좀 더 열심히 하라고 강요한 나는
평범하고 싶다 말할 자격이 없습니다.

이런 모든 것을 너무도 평범하게 했다면
우리는 이미,
.
.
.
평범하지 않습니다.

의미 부여가 가진 힘

　　　　　: 인생은
하얀 도화지 위에 작은 점을 시작으로
선과 선을 연결해 면을 만들고 다양한 색을 칠하며
한장 한장 연결하고 연결하여 그려 나가는 것입니다.

이때,
잘 그리고 못 그리는 수준을 상관하지 않는데도,
누군가의 취향으로 판단 받지 않음에도,
우리는 점 하나를 찍는 것에도 신중을 기합니다.

누구에게나
한번 주어지는 인생은 소중합니다.
그러기에 선이 삐뚤어지거나 색이 번지면
새로운 도화지를 달라 요청하고 싶을 것입니다.

그만큼 누구를 가릴 것 없이 우리는 모두
…인생에 진지합니다.

그림을 그리는 우리는 생각이 많을 수밖에 없습니다.
내 삶의 그림이기에
어떻게 그리고 어떤 색으로 칠할지
마음속으로 수십 번을 지우고 그리고 지우고 그린 후에야
크레파스나 붓을 들 만큼 소중합니다.

그러니,
그토록 열과 성을 다한 그림을 완성한 후에는
꼭! 작가 이름을 새기시고
내가 그린 나의 작품을
나만의 갤러리에 전시하시길 바랍니다.

'지금과 여기'의 자리는
햇볕 아래

　　　　　: 우리가
사는 세상을 '지금 여기'에 두고
따사롭게 빛나는 햇볕에 놔두시길 바랍니다.

그럼
지나가는 비에 젖어 눅눅해진 것은
햇볕이 뽀송뽀송 말려줄 것이며
오랫동안 습한 곳에서 핀 곰팡이도
햇빛에 녹아들어 다시금 괜찮아질 겁니다.

나의 '지금과 여기'를 햇볕 아래 두십시오.
그럼 따스하고도 선명한 것들이 보일 겁니다.

～～～～～ 우리는 모두, 참 괜찮은 사람입니다

지금 여기에 모여 있는 나의 '관계',

지금 여기에서 내가 하는 '일',

지금 여기에서 '내가 사랑하고 나를 사랑하는 사람'

지금 여기에 '존재'하는 나까지.

지금 여기에

무한하고도 풍성하게 변화한 내가 있고,

나를 변화시킨 사람들이 모두 있으니

내가 가진 모든 것을

따스하고도 밝게 빛나는 햇볕 아래 놔두십시오.

과거는 End로 쓰고, 지금은 AND로

: 과거는 End로 쓰고,
지금을 and로 쓰십시오.

이와는 반대로 과거를 and로 쓰면
과거와 연결되어 지금이 END가 됩니다.

아픔과 고통에서 벗어나지 못하는 사람의 공통점은
지난 시간의 아픔과 고통을 지금에 연결한다는 것입니다.
수년, 혹은 수십 년 전에 일어난 일은
지금보다 미성숙한 나에게 일어난 일인데도

나라는 주체 없이,
나를 괴롭히는 사건과 감정에 집중하여
결국에는 지금이라는 귀한 시간을 함몰시키고

더 큰 문제는,

과거로부터 이어진 인과 관계가

일어나지 않을 일도 일어난다고 하는 두려움으로 자라

한 치 앞으로 나가기를 주저하게 만든다는 것입니다.

하루를 산다는 건,

어제보다 하루만큼의 변화가 있다는 것입니다.

그런데도 우리의 성장을 스스로 인지하지 못하면

우리의 삶은 하루하루마다

and가 사라지고

END가 될 수밖에 없습니다.

하루하루 and로 살고

END는 생의 마지막에.

해석의 능력

: 행복을
잘 읽는 사람과 그렇지 못한 사람의 차이는
'해석의 차이'에 있습니다.

긍정적인 사람의 해석은,
'그럼에도 불구하고'라는 사실을 포용하는 해석을 하고,
부정적인 사람의 해석은
'그렇기 때문에'라는 원인 속에 갇히는 해석을 합니다.

이것은 비단 행복에만 적용되지는 않습니다.
인간관계, 사랑, 성공 여부 등
삶의 전반에 걸쳐 적용되고 해석됩니다.

우리가 지금에 집중하지 못하는 것은,

주어진 환경과 여건보다도 해석자인 나에게 있고,
긍정의 해석은 앞으로 나가게 하고
부정의 해석은 뒤로 물러나게 합니다.

마음에서 일어나는 소리의 무게를 가벼이 여기지 마세요.
그 어떤 답을 주지 않는 세상에
답을 내리는 건 '나'입니다.

해석이 좋아야 어제도 좋았고, 오늘도 좋고
좋은 내일을 만들어 괜찮은 나로 성장시킵니다.

결국,
해석을 잘하는 사람이
부정을 자르는 가위도,
긍정을 잇는 풀도,
잘 사용합니다.

찰나의 점이 만든 인생 그래프

　　　　: 우리는 모두
태어나고 살아가고 죽음을 맞이합니다.
그리고 탄생과 죽음 사이에 그려지는
삶의 높고 낮은 인생 그래프를 그리며 살다가
삶의 마지막에는 죽음이라는 종착역에 이릅니다.

이렇게 삶을 세 개로 나누고 보니,
삶의 허무함이 노골적으로 다가오는데요,
이 선을 확대해 점으로 나누면 이야기는 달라집니다.

많은 사람들이 삶은 찰나의 순간이라고 말하면서도
우리는 연결된 선으로 삶을 살아가려 하기에
우리에게 주어진 찰나의 순간을 누리지 못한 채
무시하거나 무시해도 좋을 것으로 여깁니다.

그래서 삶을 사는 도중 문득 가던 길을 멈추고
삶을 수정하거나 변화하려 듭니다.
하지만 이 모든 것이 비로,
찰나의 순간을 잃어버렸기 때문입니다.

삶은 수정하고 변화하는 것이 아니라
놓쳐버린 찰나의 순간을 사이사이에 집어넣어야 합니다.

목표를 이뤘으되 즐거움의 순간 없이는 무의미하고,
사람을 사귀었으되, 진심의 순간 없이는 미약하고,
사랑했으되, 마음이 겹치지 않으면 단단하지 못합니다.

살면서 숨이 차다면 나를 멈춰 세우고
혹시라도 빠진 찰나의 순간을 점검하시길 바랍니다.

찰나라는 삶의 점이 매끄럽지 않기에
인생의 선이 높고 낮게 요동치는 것입니다.

하마터면 늙어질 뻔, 했다

: 노인과 기성세대를 일컫는
멸칭적인 은어였던 '꼰대'가 지금의 우리 사회에서는
권위주의적이고 경직된 사고방식을 가진 사람을
뜻하면서 '사고 소통'의 중요성이 강조되는 요즘인데요,

실상 나이와 상관없이 자기 경험 외에 타인의 경험을
수용하지 못하거나 혹은 이해하지 못하는 사람은
삶에 유연을 잃고 경직되어
변화하는 세상을 받아들이기가 어렵고,
다양한 계층과의 만남과 소통에서도 불편을 느끼게 됩니다.

우리가 외국 여행할 때를 생각해 보면,
언어의 장벽을 해결하기 위해서는
간단한 몇 마디라도 여행자가 준비해야 하고,

우리는 모두, 참 괜찮은 사람입니다

그 나라 음식을 먹기 위해서는 음식에 대한
편견과 선입견을 두지 말아야 하며
더 많은 사람과 풍경을 만나기 위해서는
그들의 문화와 정서를 존중해야 합니다.

그랬을 때, 단순한 여행이 아닌,
다름을 체험하고 새롭고 다채로운 특별한 경험으로
좀 더 넓은 세상이 열립니다.

꼰대로 사는 것이 그리 나쁘다는 것은 아니지만
꼰대를 벗어나면 좀 더 세상과 소통이 넓어지고
젊음과 젊게 사는 것을 구분하지 않아도
삶의 재미가 높아지니
더 많은 세상과 연결을 해보시길 바랍니다.

창문을 닫아놓으면
한때 신선한 바람도 탁한 먼지가 됩니다.

나름 만족: 그래도 참 잘 살았다

: 내 얼굴을 보고
참 이쁘고 멋지다, 말해주는 사람이 나밖에 없대도,
오늘 아침 고르고 골라 입은 옷을 보고
참 근사하다고 말해주는 사람이 나밖에 없대도,
돌아오는 퇴근길 버스 안에서 꾸벅꾸벅 조는 나에게
참 애썼다고 말해주는 사람이 나밖에 없대도,

그래도 참 잘 산 것입니다.
행복의 다른 이름은,

'나름 만족'이니까요.

어느 날 불쑥 나타나는 후회

: 지나간 삶에서
가장 후회되는 것이 무엇이냐는 질문 앞에
'하고 싶은 것을 다 하지 못했다'고
말하는 사람이 참으로 많습니다.

언뜻 들으면,
어떻게 사람이 원하는 대로 다 하고 살겠냐, 싶겠는데요,
맞습니다.
우리는 하고 싶은 것을 다 하고 살 수는 없고,
원하는 환경과 여건이 내 앞에 놓이기도 어렵습니다.

그러나 이 말의 깊은 곳에는 환경과 여건보다도
내가 나에게 작은 기회도 주지 않았음에 있고
타인을 의식하고 쫓느라

나를 돌보지 않았음을 고백하는 것입니다.

그러니 나를, 삶의 여건에 가두지 말고
타인의 시선에 나를 내몰거나
버리는 일은 없길 바랍니다.

우리는 모두 참 열심히도 살았습니다.
하지만 열심을 가장한 채찍에 휘두르며
남과 경쟁하느라 숨이 찬 줄 모르고 달렸다면,
남에게 인정받기 위해 지치는 줄 모르고 뛰었다면,
그래서 타인을 오늘에 두고 나를 내일로 미루었다면,
그것은 나도 모르는 사이 후회를 적립하는 것이니,
문득 올라오는 불편함이 있다면 나와 대화하세요.

나는 과거를 잊었지만
나를 잊지 않은 과거는 언제인지 모를 어느 날,
내 앞에 불쑥 나타나 나를 괴롭히는 것이 후회이니
후회하는 날 없이 삶을 마주하시길 바랍니다.

나를 알고 가는 사람이 그리 많을까?

　　　　　: '훈수꾼이
여덟 수를 더 내다본다'라는 말은,
거리가 주는 냉정한 시선이
대국자의 수보다 여덟 수를 앞서 본다, 는 말입니다.

주체적으로 산다는 것은
내 마음대로 한다는 것이 아닌,
내가 나를 객관적으로 보는 것으로,
바둑에서 대국자가 아닌
훈수꾼의 시선을 갖는 것을 의미하는데요,

내가 나를 다른 사람을 보는 시선으로 볼 수 있다면
우리는, 보고 싶은 대로 보는 제멋대로 판단하는
어리석음을 멈출 수 있고,

남의 시선을 살피는 눈치와,
타인의 삶과 비교당하는 구속에서 벗어나
나로서 자유로울 수 있습니다.

잠시 바삐 가던 길을 멈추고
기원전 소크라테스의 말을 한번 되짚어 보세요.

'보고 싶은 것을 보는 것이 아닌,
보고 싶은 것을 보는 나는 누구인지?'

때로는 세상에서 가장 값진 일은
돈도 안 되는 일에 있기도 하고
나를 찾는 일은
돈보다 더 큰 값진 일입니다.

반드시 나를,
만나고 알아가고 친해지길 바랍니다.

오래전부터 카톡에 새긴 나의 별칭입니다.
먹고, 자고, 그리고, 써라! 딱 이렇게 살고 싶었습니다.
아주 단순하고 명료하게.

운이 좋아서인지
아님, 새긴 말을 따라간 것인지는 모르겠으나
어느새 조금씩 마음에 새겼던 글대로 살고 있습니다.

내가 믿는 것은,
사람은 언제나 변화할 수 있고
그 변화에 맞춰 새로운 세상을 열린다는 것입니다.
물론 그것에는 세 가지가 필요했습니다.

하나는,
관성으로 가던 길을 멈춰 세울 용기와
다른 하나는,
방향을 틀고 새로운 길을 만드는 노력,
그리고 마지막으로
뚜벅뚜벅 걸어 나갈 묵묵함, 입니다.

해보니 할 수 있다고 말하는 것이니
혹여 나를 놔두고 온 삶을
다시 찾아오고 싶다면
같은 마음으로 보내는 응원을 힘 삼아
꼭 오늘이 아니더라도
언젠가는 다시 찾으시길 바랍니다.
.

.

누굴 위해?
오직 나를 위해서요.
.

.

왜냐하면
우리는 모두 괜찮은 사람이기 때문입니다.
.

.

변함없이 늘 화이팅!

작가 나인